www.b-books.co.kr

울트라 코리아
ULTRA KOREA

울트라 코리아

ULTRA KOREA

1판 1쇄 찍음 2022년 01월 11일
1판 1쇄 펴냄 2022년 01월 19일

지은이 | 정사부
펴낸이 | 정 필
펴낸곳 | (주)뿔미디어

편집장 | 문정흠
기획·편집 | 윤석준

출판등록 | 2002년 9월 11일 (제1081-1-132호)
주소 | 경기도 부천시 원미구 소향로17, 303(두성프라자)
전화 | 032)651-6513 팩스 | 032)651-6094
E-mail | bbulmedia@hanmail.net
비북스 | http://b-books.co.kr

값 8,000원

ISBN 979-11-6713-952-8 04810
ISBN 979-11-6565-919-6 04810 (세트)

정사부 현대 판타지 장편 소설

12

울트라 코리아
ULTRA HORER

BBULMEDIA FANTASY STORY

CoNTENTS

1. 구출 작전

하늘에는 별빛만이 반짝이고 있는 깜깜한 어둠 속을 일단의 인물들이 흐릿한 검은 그림자를 남기며 빠르게 달리고 있었다.

휘이이잉!

타다다닥!

그런데 일단의 인물들이 달리고 있는데, 그 소리는 깊은 밤중임에도 불구하고 그리 요란하지 않았다.

탁탁탁탁탁탁.

"접선 장소까진 얼마나 남았지?"

국진은 달리는 중임에도 전혀 숨이 차지 않는 목소리

로 물었다.

"2.5㎞ 정도 남았습니다."

사실 질문을 했지만, 이미 알고 있던 사실이다.

하지만 너무도 늦은 시각이고, 또 특수작전으로 장시간 긴장된 상태를 유지하고 있었기에, 혹시나 정신을 놓고 있는 사람이 있나 싶어서 물어본 것이었다.

현재 이들은 첫 작전지인 풍계리에서의 임무를 마치고 곧바로 회장인 수호의 특별 지시를 수행하기 위해 이동 중이었다.

그리고 목전지 근방에서 신포에서 출발하는 SH시큐리티 경호 3팀과도 만나야 했다.

경호 3팀과 만나야 할 접선 장소는 양강도와 함경남도의 경계인 수람리 인근이었다.

그들의 목표는 갑산에 위치한 김종은의 17호 안가에 침투를 하여, 그곳에 있는 김종은의 처와 자식 그리고 여동생인 김연정을 빼내 오는 것이었다.

처음에는 본인들이 자발적으로 그곳으로 피신을 했지만, 김연정의 잘못된 선택에 의해 현재는 중국 인민 해방군에 의해 억류가 된 상태였다.

인간의 욕심이 얼마나 어처구니없는 판단을 하게 만드는지 너무도 여실히 보여 주는 상황이었다.

그런데 문제는 김종은이 대한민국 정부에 구조 요청

을 했다는 것이다.

중국의 음험한 계획을 알아차린 김종은이 자신의 동생과 가족들을 구해 주기만 한다면, 무조건적인 항복을 하겠다고 거래를 제안해 왔다.

이에 청와대는 긴급회의를 통해 김종은의 제안을 받아들이는 한편, 그들의 구출 작전을 성공적으로 마치기 위해 고심을 하다가 SH 그룹의 회장인 수호에게 도움을 요청했다.

물론 처음부터 수호에게 도움을 요청하자는 얘기가 나온 것은 아니었다.

처음 회의를 할 때, 최대한 국방부 장관은 대테러 전문 부대인 707특임대를 동원하자고 주장했다.

그도 그럴 것이, 대한민국은 물론이고 전 세계의 특수부대에서도 인정하는 대한민국 특전사 중에서도 최정예로 이루어진 대테러 전문 부대였기에 그런 주장을 한 것이었다.

거기에다가 SH인더스트리에서 생산하는 파워슈트를 지급받은 최초의 부대였기에 그들의 자신감은 누구보다 높았다.

그럼에도 대통령은 707특임대가 아닌, SH 그룹에 도움을 요청했다.

정동영 대통령이 그렇게 한 이유는 아무리 707특임대

가 대한민국 내에서 가장 강력한 대테러부대라고는 하지만, 파워슈트라는 특수 장비를 도입한 지 이제 겨우 1년도 채 되지 않았다.

그에 반해 SH시큐리티의 경우 대한민국 특수부대들에게 지급하는 파워슈트를 오랜 기간 착용을 하고 운용을 해 온 이들이었다.

한마디로 장비 운용 능력이 707특임대보다 더 완숙하다는 말이었다.

또한 그들이 보여 준 능력들을 생각했을 때, 굳이 707특임대 아니더라도 비교 대상이 존재하지 않았기에 정동영 대통령은 최대환 국방부 장관의 주장에도 불구하고 SH 그룹에 도움 요청을 한 것이었다.

마음 같아서야 최대환 국방부 장관의 요청대로 자랑스러운 대한민국 특수부대에게 이번 임무를 맡기고 싶었다.

하지만 이번 작전은 한 치의 실수도 용납이 되지 않는 일이기도 했고, 707특임대는 혹시 모를 테러에 대비하는 게 더 나아 보였다.

이런 청와대의 결정에 수호는 찬성을 하며 자신이 할 수 있는 최대한의 도움을 주기로 약속했다.

그렇게 해서 결정된 것이 바로 북한의 비밀 핵미사일 기지에 침투한 김국진의 팀과 함경남도 신포에 있는 북

울트라 코리아

한의 잠수함 기지에 침투했던 SH시큐리티 경호 3팀을 차출해 한 개 팀을 만들어 보내는 것이었다.

"저기서 경호 3팀의 신호가 포착이 됩니다."

2.5km 정도 떨어진 산길이었지만, 최신형 파워슈트를 착용한 이들에게는 평지나 다름이 없어 금방 도착할 수 있었다.

"사장님, 늦으셨습니다."

먼저 도착한 경호 3팀의 팀장인 이원효 부장이 국진에게 농을 건넸다.

"이 부장이 직접 온 거야?"

"그럼요, 제가 와야죠."

국진의 물음에 이원효 부장은 빙그레 미소를 지어 보이며 대답을 하였다.

이미 신포의 북한군 잠수함 기지는 완벽하게 제압이 된 상태였기에 누가 있더라도 상관이 없었다.

더욱이 이제 곧 남쪽에서 출발한 국군에 의해 신포의 북한군 잠수함 부대의 인수인계도 완료되었을 시간이다.

"지금쯤이면 다른 팀원들은 국군에 인수인계를 하고 철수했을 겁니다."

"그렇겠군. 보안은?"

이원효 부장의 말에 시간을 확인한 국진이 고개를 끄

덕이며 물었다.

"걱정하실 거 없습니다. 완벽하게 처리했습니다."

SH시큐리티 직원들은 군인이 아니었기에 이번 작전의 보안은 무엇보다 중요했다.

자신들이 이번 작전에 투입이 된 사실은 아무도 몰라야만 했기 때문이다.

그들이 같은 편이라 해도 말이다.

비록 SH시큐리티가 특수부대를 대신해 제압 작전에 투입되었다고는 하지만, 국군은 이들을 자신들이 모르는 특수부대라 생각하고 인수인계를 받았다.

이러한 것들은 청와대와 수호가 사전에 합의한 내용들이었다.

왜냐하면 외부에 알려져 봐야 대한민국이나, SH 그룹 모두 좋을 것이 하나도 없었기 때문이다.

대한민국 정부는 능력이 모자라 민간 기업에 도움을 요청했다는 말을 들을 수 있었고, 민간 기업인 SH 그룹의 경우, 그렇게 위험한 이들을 무슨 이유 때문에 거느리고 있느냐는 의심을 받을 수도 있었다.

그렇게 되면 사업상 좋지 못한 결과를 일으킬 수 있었기에 알려져서 좋을 건 없었다.

대화를 마친 경호 3팀과 합류한 국진은 먼저 도착한 이들이 확보한 캡슐을 가지고 이동을 하기 시작했다.

이들이 가지고 있는 캡슐은 다름 아닌, 우주군의 공중 순양함이나, 공중 프리깃함에 있는 탈출 캡슐이었다.

알다시피 공중 순양함이나, 공중 프리깃함의 경우에는 상공 10㎞ 정도의 높이에 떠 있다 보니, 사고가 발생했을 때 승무원들의 생명을 지킬 수 있는 수단이 필요했다.

그런데 바다에 떠 있는 일반적인 배가 아니고 상공에 있다 보니, 평범한 낙하산과 같은 수단으로는 승무원들의 안전을 보장할 수가 없었다.

특히나 지상 40㎞에 떠 있는 공중 순양함인 봉황호의 경우 더욱 치명적이었다.

그 때문에 아주 특별한 장치가 필요했고, 수호는 이들의 안전을 위해 탈출 캡슐을 개발해 냈다.

공기가 희박한 지상 40㎞ 상공에서도 안전하게 지상으로 탈출을 할 수 있게 캡슐 내부에 세 시간 정도 사용할 수 있는 산소는 물론이고, 30㎜ 철갑탄에도 견딜 수 있는 방탄 성능과 강력한 충격 흡수 능력까지 갖추게끔 만들었다.

거기다 혹시나 바다에 떨어질 수도 있기에 침수 방지는 물론이고, 위치를 알려 주는 위치 추적 장치까지 내장되어 있는 특수한 물건이었다.

이러한 물건이었기에, 김종은의 가족을 무사히 구출하기 위해 가져가는 것이었다.

*　　　　*　　　　*

청와대 지하 안가.

청와대 지하에는 유사시 대비를 하기 위해 지하에 벙커가 있었다.

이곳에서는 대통령의 업무는 물론이고, 전군을 지휘할 수 있는 시설까지 존재했다.

그리고 현재 이곳에는 정동영 대통령은 물론이고, NSC 위원들과 평양 지하 벙커에서 붙잡힌 김종은까지 한자리에 모여 있었다.

"우리가 이렇게 만나지 않았으면 참으로 좋았을 텐데……."

정동영 대통령이 자신의 앞에 초췌한 모습으로 앉아있는 김종은을 보며 나직이 말했다.

하지만 그런 정동영 대통령의 말에 김종은은 씁쓸한 표정을 지으며 아무런 말도 하지 않았다.

그도 그럴 것이, 얼마 전까지만 해도 한 나라를 호령하던 위치에 있던 그다.

하지만 이제는 전쟁을 일으켰다 붙잡힌 전범일뿐이었

다.

자신의 뜻은 아니었지만, 남한은 전쟁 도발로 받아들였기에 어쩔 수 없는 일이었다.

김종은은 단순히 남쪽의 반응을 보기 위한 행동이 이런 결과를 가져올 줄은 감히 상상도 하지 못했다.

언제나 자신들에게 한 수 접어주던 남한이 이런 강공을 펼칠 줄 알았다면, 김종은도 그런 선택을 하지 않았을 것이다.

"평화적인 방법도 많았을 터인데, 어쩌자고 중국의 꼬임에 넘어가서……."

정동영 대통령이 자신을 보며 한탄 섞인 넋두리를 하고 있을 때, 김종은은 깜짝 놀라 두 눈을 부릅떴다.

"아니, 그것을 어찌……."

정동영 대통령이 마치 중국 정부와 자신이 맺은 협상 내용을 알고 있다는 것처럼 이야기를 했기 때문이다.

"중국의 외교부장인 왕웨이가 북한으로 넘어간 것을 저희가 모를 것이라 생각했습니까?"

정동영 대통령은 SH 그룹의 회장인 수호에게서 넘겨받은 정보를 토대로 김종은을 압박하기 시작했다.

"……."

북한과는 너무도 차이가 나는 대한민국의 정보력에 김종은은 입을 다물 수밖에 없었다.

분명 대한민국과 기술력이나, 무기 등에서 꽤나 벌어져 있다고는 생각하고 있었지만, 이렇게까지 넘볼 수 없을 정도의 간극이 존재할 줄은 몰랐기 때문이다.

"우리 정부는 물론이고, 미국도 중국의 외교부장이 북한으로 들어간 것을 알고 있었습니다. 그리고……."

한참을 이야기하던 정동영 대통령은 입술이 말랐는지, 말을 멈추고는 침으로 입술을 적셨다.

그러고는 천천히 입을 열었다.

"이제 시작입니다."

지금 전쟁이 완벽하게 대한민국에 유리하게 진행이 되고 있었고, 승전을 눈앞에 두고 있다고 해도 아직 전쟁이 완벽하게 끝난 것은 아니었다.

북한보다 더 강력한 중국과의 전쟁이 그들을 기다리고 있었으니까.

아무리 완벽하게 준비를 해 놓았다고 해도 한순간 삐끗했다가 나락으로 떨어지는 것이 바로 전쟁이었다.

더욱이 중국은 인류 최악의 무기라는 핵을 수백 기나 보유한 나라였다.

그러니 정동영 대통령도 긴장이 되어 입술이 메마른 것이었다.

물론 아무리 중국이라고는 하지만, 대한민국도 결코 약하지 않았다.

대한민국은 비록 핵무기는 없지만, 그것을 막아 내고 핵무기 사용에 대한 보복을 할 수단 또한 갖추고 있었다.

거기다 파워슈트라는 첨단 무기도 존재했다.

당연히 핵폭탄처럼 직접적인 효력을 보여 줄 수는 없지만, 수천 기의 파워슈트로 무장한 특수부대가 있었다.

만약 중국과의 전쟁이 시작된다면, 중국의 남쪽과 동쪽 해안을 통해서 침투할 4만이 넘는 특수부대원들 중 3천 명의 특수부대원들이 파워슈트를 착용하고 중국의 주요 도시에 침투를 할 계획이었다.

그들은 중국의 산업 시설은 물론이고, 주요 군사 시설들도 모두 장악할 것이었다.

만약 그 정도까지 전쟁이 확전이 되면 이번 일에 뒷짐을 지고 있던 미국도 가만있지는 않을 터.

비록 이번 전쟁에서는 어쩐 이유에서인진 미국이 한 발 뒤로 물러난 모습을 보여 주었지만, 중국과의 전쟁에서는 그럴 수가 없을 게 분명했다.

그도 그럴 것이, 중국과의 전쟁에서 미국이 참전을 하지 않으면, 한국과 미국이 맺은 상호 수호조약에 금이 갈 것이 빤했기 때문이다.

솔직히 지금도 대한민국 정부가 걸고넘어진다면 미국

은 고개를 숙여야만 했다.

하지만 그렇게까지 하지 않은 이유는 대한민국에 좋을 게 없었기 때문이다.

대한민국은 현재 중국의 땅으로 된 한민족의 고토를 회복하려 하는 입장이라 많은 나라들의 지지를 받아야 할 이유가 있었다.

그런데 대한미국의 동맹이자, 세계에서 가장 강한 영향력을 가진 미국과 대립각을 세워선 좋을 게 전혀 없었다.

다만, 의외인 점은 현재 한반도를 둘러싼 국가 중 러시아의 경우 이미 한국 정부와 뜻을 함께하기로 약속을 했다는 것이다.

그들이 이렇게 나온 이유는 러시아에 파워슈트를 판매하는 조건으로 비밀 협약을 했기 때문이다.

그리고 이 조건은 러시아 입장에선 나쁠 게 하등 없었다.

같은 공산국가라고는 하지만 중국은 러시아 입장에선 사실 계륵만도 못한 존재였다.

어려운 경제난 속에서 미국을 견제하기 위해 힘들게 개발한 첨단 무기를 중국은 로열티도 내지 않은 채 불법으로 복제하여 짝퉁을 만들어 다른 나라에 팔아먹고 있었기 때문이다.

미국을 견제하기 위해선 자신들과 손을 잡는 나라가 하나라도 더 필요한 입장이긴 했지만, 중국은 그 선을 넘었다.

그래서 최근 대한민국의 발전 과정을 보고 있던 러시아는 중국보다 훨씬 도움이 되는 나라가 바로 한국이라는 걸 깨달았다.

그리고 과거 1990년대 소련이 붕괴되고 러시아연방이 발족을 하면서 극심한 경제난에 시달릴 때, 그 어떤 나라도 러시아에 도움을 주지 않았다.

그러던 중 유일하게 도움을 준 나라가 바로 한국이었다.

국가적 모라토리엄을 선언한 러시아에 상환 유예를 주고, 러시아의 경제가 회복이 될 때까지 기다려 준 것이 바로 대한민국이었다.

그렇기에 러시아는 한국이 중국을 도모한다면 한국의 손을 들어줄 용의가 있다고까지 했다.

*   *   *

새벽 두 시 삼십 분.

늦은 시각이었지만, 김연정은 전혀 잠이 오질 않았다.

전쟁이 벌어졌다는 점 때문에 긴장이 되어 잠을 잘

수가 없던 것이다.

하지만 그녀가 잠을 잘 수 없는 이유는 비단 그것뿐만이 아니었다.

가장 큰 이유는 바로 그녀 자신이 연금이 되어 있었기 때문이다.

금방 따라오겠다던 김종은이 몇 시간이 지나도 약속된 안가로 오지 않자, 마음이 급해진 김연정이 동맹인 중국에 도움을 요청했다.

사실 거기까진 순조로웠다.

그런데 몇 시간 전, 갑자기 상황이 뒤바뀌었다.

자신과 새언니 그리고 조카들을 지켜 주겠다고 이곳에 도착한 중국 인민 해방군이 느닷없이 태도를 바꾸며 그녀를 감금하고 조카들에게서 분리시켰기 때문이다.

쾅쾅!

"거 누구 없나!"

김연정이 문을 거칠게 두들기며 소리를 질렀다.

분명 문 앞에서 누군가의 인기척이 느껴졌지만, 되돌아오는 답은 없었다.

그저 자기들끼리 작게 떠드는 말소리만이 조금 들릴 뿐이었다.

"야! 내가 누군지 아네? 나 김연정이야, 김연정!"

김연정은 소리치며 누군가 자신을 이곳에서 꺼내 주

길 간절히 바랐다.

"우리 오라바이 오면 니들 다 가만두지 않겠어!"

아무리 고함을 지르고 발광을 해도 아무도 자신의 말을 들어주지 않자, 급기야 오빠, 김종은의 이름을 언급하며 가만두지 않겠다는 엄포를 놓았다.

하지만 그녀가 그러거나 말거나 문 앞에서 감시를 하고 있는 병사들은 그녀의 말에 어떤 반응도 하지 않았다.

그도 그럴 것이, 지금 그녀의 문 앞에 있는 이들은 북한군이 아닌, 중국의 인민 해방군이었기 때문에 아무도 그녀의 말을 알아듣지 못하고 있었다.

한편 김연정의 문 앞에서 경계를 서고 있던 중국 인민 해방군 병사들은 자기들끼리 그녀의 방문을 힐끗 쳐다보며 대화를 주고받았다.

"여기 연금되어 있는 여자가 북한 주석의 여동생이라며?"

"응, 다 망해서 우리에게 도움 요청을 한 장본인이라고 하더라."

칭하오는 자신이 들은 이야기를 동지인 장파오에게 작게 들려주었다.

"저 여자, 괄괄한 것이 장난 아니다."

계속해서 문을 두드리며 발광을 하는 김연정이 있는

방문을 보며 중얼거렸다.

"그러게, 저런 여자들이 침대에서도 끝내주는데……."

여성 편력이 풍부한 장파오가 마치 입맛을 다시 듯이 입술에 침을 묻히며 이야기했다.

"그래? 그러고 보니 전에……."

장파오가 김연정을 상대로 음담패설을 입에 담자, 칭하오는 그에 관심을 보이며 무언가 질문을 하였다.

그리고 두 사람은 더 이상 김연정은 신경도 쓰지 않고, 자신들만의 이야기 속으로 빠져들었다.

＊　　　　＊　　　　＊

김연정이 최후의 보루라 생각한 양강도의 17호 안가 중심부의 넓은 회의실.

원래 이곳은 김종은이 비상시 북한군 고위급 장성들과 회의를 하기 위해 만들어진 장소였다.

하지만 현재 상석에는 중국 인민 해방군 북부전구 제78집단군 소장인 주진충이 앉아 있었다.

"젠장!"

뭐가 그리 마음에 들지 않는 것인지, 주진충은 짜증을 한껏 내며 소리쳤다.

그런데 그의 입장에선 불만의 목소리가 나오지 않을 수가 없었다.

북부전구 전력 중 제78집단군은 정예중의 정예로 이름나 있었다.

그렇기 때문에 제78집단군이 북한의 변고에 긴급 출동을 한 것이었다.

그런데 상황이 그리 좋지 못했다.

북한군이 휴전선에서 포격 도발을 한 지 불과 세 시간도 채 되지 않았는데, 김종은이 무장해제 명령을 내렸기 때문이다.

"역시 소국 놈들은 기개가 없어. 싸워 보지도 않고 바로 그런 짓을 해 버리다니."

북경의 명령이 불만이 있다고 하더라도 정식 루트를 통해 명령이 내려온 것이었기 때문에 따를 수밖에 없었다.

하지만 싸워 보기도 전에 동맹인 북한이 무장해제를 해 버렸기 때문에 주진충의 입장에선 이도저도 아닌 이상한 상황이 되어 버렸다.

마음 같아서는 바로 자신의 군을 철수하고 원래 주둔지로 돌아가고 싶었지만, 어찌된 일이지 북경에선 이를 허락하지 않았다.

아니, 허락하지 않은 정도가 아니라 추가 지원을 해

줄 테니, 북한 지역을 이참에 점령을 하라는 명령을 해왔다.

그가 보기엔 참으로 어처구니없는 명령이 아닐 수가 없었다.

현재 자신들의 전력은 정상적이지 않았다.

"사령관님 이건 말이 되지 않습니다."

그때, 부하 중 한 명인 파오룬 대좌가 강한 어조로 자신의 생각을 이야기하였다.

그리고 그 내용은 78집단군의 소장인 주진충도 심히 동감하는 내용이었다.

앞으로 그들이 상대해야 할 전력은 낙후된 북한군도 아닌, 최신 무기로 무장한 한국군이었다.

게다가 이곳으로 밀려드는 한국군은 아시아 최강이라 불리는 강력한 제7기동군단이었다.

한국의 제7기동군단의 전력은 세계 2위라는 중국 인민 해방군 육군의 기갑 전력 전체와도 맞먹는 아니, 객관적으로 평가해서 중국 인민 해방군 육군을 능가하는 전력을 가지고 있다.

세계적인 군사전문지인 제인스에서도 한국의 제7기동군단을 1대1로 상대할 수 있는 곳은 미국의 기갑군단뿐이라고 평가를 할 정도로 그들은 막강했다.

그런 한국의 제7기동군단을 자신들만으로 막으라는

명령을 내리다니.

이는 한마디로 죽으라는 소리나 마찬가지였다.

게다가 자신들은 혼성부대이기는 하지만, 보병이 주를 이루는 집단군이었다.

병력 수로는 한국군을 능가할지도 모르지만, 전투력 면에서는 상대가 되지 않았다.

그럼에도 북경의 수뇌부는 자신에게 밀고 올라오는 한국군을 막으라는 소리만 하고 있으니.

"누가 그걸 모르겠나! 당의 명령이니 어쩔 수 없는 거지."

"하, 하지만……."

주진충의 성화에 파오륜 대좌가 말끝을 흐렸다.

그러나 주친충도 자신의 부하의 말에 틀린 게 없었기에 더 이상 뭐라 하진 않았다.

그가 판단하기에도 중국 정부의 입장은 전혀 이해되지 않았으니까.

아마 중국 정부의 입장에선 북한군과 협력을 하여 올라오는 한국 제7기동군단을 막아 내면 좋고, 또 그 과정에서 자신의 부하들이 희생되면 더욱 좋다는 생각을 하고 있었을 게 빤했다.

그래야 제2차 한반도 전쟁에 끼어들 명분이 생길 테니까.

그렇지만 누구나 계획은 가지고 있었고, 현실은 계획대로 흘러가는 것이 아니었다.

북한의 기습 공격을 받은 한국은 마치 기다리고 있었다는 듯 공격을 막아 내는 것은 물론이고, 신속하게 북한 수뇌부를 타격하여 북한의 지도자인 김종은의 신병을 확보하였다.

그 때문에 북한군은 싸워 보지도 못하고 무장해제가 되었다.

그러다 보니 그 과정에서 북한으로 들어온 인민 해방군만 붕 뜨고 말았다.

이에 주친충도 황급히 상부에 보고를 하였고, 중국 수뇌부들도 긴급회의를 하였다.

그렇게 나온 결론은 원래 세워 둔 계획대로 북한 지역을 점령하는 것으로 내려졌다.

이는 한국군의 군사력을 정확하게 파악하지 못한 중국 수뇌부의 실수였다.

"하아, 책상에나 앉아 있는 것들이 전투에 대해서 뭘 알겠나."

주징춘이 깊은 한숨을 내밀며 중얼거렸다.

중국 수뇌부들은 한국군이 강해 봤자, 자신들보단 못할 것이란 안일한 생각을 하고 있었다.

그것이야 말로 주진충을 고민에 빠지게 만든 이유였

다.

그가 비록 샤오 가문의 비호를 받아 현재의 위치에 오른 인물이기는 하지만, 지휘관으로서의 능력이 전혀 없는 사람은 아니었다.

어깨에 별을 달고 집단군의 사령관이 된 데에는 다 이유가 있었다.

쾅!

"큰일 났습니다."

주진충과 그의 부하들이 한창 고민에 빠져 있는 사이, 회의실 밖에서 누군가 문을 거칠게 열고 들어와 소리쳤다.

"무슨 일이야!"

생각에 잠겨 있던 주진충이 인상을 쓰고는 출입문 쪽으로 고개를 돌리며 소리쳤다.

"그, 그게……."

*   *   *

김국진의 팀과 SH시큐리티 경호 3팀은 김종은이 알려 준 17호 안가가 위치한 곳에 무사히 도착했다.

"경계가 생각보다 잘 갖춰져 있군."

현재 시각 새벽 두 시 이십 분.

북한군의 첫 포격 도발이 발발한 지도 열 시간이 다 되어 갔다.

새벽 시간이고 산골이라 밤하늘의 별빛만이 유일한 광원이었지만, SH시큐리티 경호원들은 착용한 장비 덕분에 주변 풍경이 환하게 보이고 있었다.

"이 부장은 원래 계획대로 주변 경계 인원을 처리하고 입구에서 지원을 해 줘."

김국진은 경호 3팀의 팀장인 이효원 부장에게 지시를 하였다.

"맡겨 주십시오."

지시를 받은 이효원 부장은 빙그레 미소를 지으며 자신감 있게 대답을 하였다.

"그럼 캡슐은 우리에게 넘기고 먼저 움직이기 바라네."

"알겠습니다."

이효원 부장은 짧게 대답을 하고는 고개를 돌려 자신의 팀원들에게 지시를 내리기 시작했다.

"지성이와 세민이는 골 우측에 자리 잡고, 태민이와 수영이는 왼쪽 그리고……."

경호 3팀이 팀장인 이효원 부장의 지시를 받고 퇴각로를 확보하기 위해 움직이는 동안, 국진은 자신의 팀을 데리고 주변을 삥 돌아 17호 안가가 있는 지점에서

5㎞ 정도 더 위로 올라갔다.

그곳에는 은밀하게 숨겨져 있는 송풍구가 있었는데, 그 송풍구가 바로 17호 안가에서 사용하는 공기를 공급하는 장치였다.

다행히 송풍구의 크기는 이들이 요구조자들을 안전하게 담아 올 캡슐이 들어갈 수 있을 정도로 넓었다.

만약 송풍구의 지름이 캡슐보다 작았다면 이들은 작전을 변경할 수밖에 없었을 것이다.

지잉!

국진의 팀원 중 한 명이 레이저 커터기를 꺼내 구부러진 송풍구의 뚜껑을 절단시켜 꺼냈다.

산소용접기나 그 외에 것들이었다면 깊은 밤중이라 소음이 컸을 테지만, 레이저 절단기라 그런지 작은 소음만 발생했다.

약간의 시간이 지나고 두꺼운 송풍구의 덮개는 금방 열렸다.

"모두 조심하도록!"

"알겠습니다."

팀원들의 대답을 들은 국진은 마지막으로 한마디를 하고는 쓰고 있는 헬멧의 바이저를 내렸다.

"지금부터 작전 종료 시까지 무선통신으로만 대화를 한다."

지잉!

바어저가 내려오고 국진의 얼굴을 가렸다.

그리고 다른 팀원들의 얼굴도 바이저로 인해 가려졌다.

— 알겠습니다.

팀원들의 대답은 무전을 통해 들려왔다.

대화가 끝나고 이들은 신속히 송풍기 안으로 들어갔다.

탁!

송풍구를 통해 아무도 모르게 17호 안가 내부로 침투한 국진의 팀은 김종은이 알려 준 정보를 토대로 작성된 내부 도면을 보며 움직이기 시작했다.

"지금부터 요구조자 외에는 모두 제거한다."

— 알겠습니다.

김종은의 요구에 따라 이곳에 있는 김연정과 김종은의 처와 자식들을 안전하게 빼내기 위해선 최대한 전투를 벌이지 않는 게 좋았다.

하지만 국진은 다른 판단을 내렸다.

그들이 이곳을 떠나 남한으로 들어간 것을 알지 못하게 은밀하게 빼내는 방법도 있었지만, 굳이 힘들게 그렇게 하기 보단 차라리 이곳에 있는 북한군과 중국 인민 해방군 모두를 처리하는 선택을 했다.

그 또한 비밀이 보장이 되었기에, 국진은 작전의 성공률을 높이기 위해 조금은 무식한 방법을 택한 것이었다.

그것이 작전의 성공 확률을 높이고, 부하들의 피로도를 낮춘다고 판단을 했기 때문이다.

SH시큐리티의 경호원들 중 일부 특수부대 출신도 있기는 했지만, 절반가량은 옛 국정원 출신들이었다.

그리고 국진과 함께 안가 내부로 침투한 이들은 전부 국정원 출신이었고, 사실 이번 일이 군사작전이나 다름이 없어 그들과는 잘 맞질 않았다.

그럼에도 불구하고 수호가 청와대의 요청에 이들을 보낸 것은, 국진을 비롯한 경호원들이 군에서 이런 훈련을 받은 경험도 있고, 또 자신과 슬레인이 개발한 장비들을 믿었기 때문이다.

본격적인 작전에 들어간 국진과 경호원들은 파워슈트 표면의 위장 장치를 가동시킨 채 이동을 하였다.

복도는 전력 소비를 줄이기 위한 것인지 불은 간간히 켜져 있었다.

흐릿한 조명으로 인해 그리 밝지 않아 이들의 침투에 큰 도움을 주고 있었다.

그렇지만 김국진이나 SH시큐리티 경호원들은 절대 자만하지 않았다.

작은 실수 하나 때문에 작전에 실패할 수도 있었기 때문이다.

비록 사장이자, 팀장인 국진이 요구조자 외에는 모두 사살하라 지시를 내리긴 했지만, 작전 중인 지금 최대한 들키지 않고 은밀하게 적을 제거하는 게 좋은 건 당연했다.

우드득!

맨 앞에서 움직이고 있던 국진의 팀원이 있던 곳에서 섬뜩한 소리가 들려왔다.

코너를 돌아 경계를 서고 있던 인민 해방군에게 접근한 국진의 팀원이 무기를 사용하지 않은 채 파워슈트 덕에 몇 배나 강력해진 힘으로 목뼈를 부러뜨려 적을 제거한 것이었다.

그렇게 최대한 소음을 죽이며 안가 내에 있는 적들을 제거해 나갔다.

그러면서도 요구조자인 김연정과 김종은의 가족들이 있을 것으로 예상되는 곳으로 점차 침투를 하였다.

하지만 아무리 조심을 한다고 해도 상황이 상황인지라 이들의 행적은 얼마 지나지 않아 적들에게 알려지게 되었다.

그도 그럴 것이, 이곳에는 북한의 백두혈통이 있었고, 또 중국의 고위 인사가 자리하고 있었기에 경계 근무의 질이 어느 때보다 높아져 있는 상태였다.

그러다 보니 중국의 경계조가 안가 내에 누군가 침투하여 자신들의 동료들을 죽이고 있다는 걸 빠르게 파악할 수 있었다.

애애앵!

2. 1단계 완료

쿵!

문 앞을 지키고 있던 인민 해방군 두 명이 자리에서 쓰러졌다.

불과 얼마 전까지만 해도 북한의 실세 중 한 명인 김연정을 비웃던 칭하오와 장파오였다.

"거기 무슨 일이네?"

문밖에서 요란한 소음이 들리자, 김연정은 놀란 가슴을 부여잡고 크게 소리쳤다.

"거기 누굽니까?"

중국 인민 해방군을 쓰러뜨린 장재원은 느닷없이 들

려오는 여자 목소리에 나직이 물었다.

"네 누인지 모르네? 나 김연정이야! 어서 문 열라우!"

문밖에 있는 누군가가 자신을 감금하고 감시를 하던 중국 인민 해방군을 쓰러뜨리고 질문을 하자, 김연정이 다급한 목소리로 자신의 신분을 알리며 문을 열라고 소리쳤다.

"당신이 정말로 북한의 김종은 위원장의 여동생인 김연정이 맞습니까?"

"내레 김연정이 맞다."

김연정은 밖에서 들려오는 목소리에서 뭔가 이상한 느낌이 들기는 했지만, 지금은 감금 상태에서 벗어나는 것이 중요하다 판단을 내리고 급히 대답을 하였다.

"그럼, 잠시 뒤로 물러나십시오."

장재원은 자신이 찾던 김연정이 맞다는 소리에 고개를 끄덕이며 경고를 했다.

자물쇠로 인해 출입문이 잠긴 상태인데다가, 열쇠도 없는 상태라 억지로 열어야만 했다.

혹시나 그러던 중 김연정이 부상을 당할 수도 있었기에 경고를 한 것이었다.

"그럼 문을 열겠습니다. 하나, 둘, 셋!"

장재원은 카운트를 세며 문손잡이를 강하게 비틀면서

어깨로 문을 밀어붙였다.

그르륵!

쇠가 갈리는 듯한 소음을 내며 김연정을 감금하고 있던 방문의 잠금장치가 장재원의 힘으로 인해 부서지며 문이 열렸다.

한편, 자신을 막고 있던 철문이 요란한 소리를 내며 뜯기듯 열리는 모습을 본 김연정이 깜짝 놀라며 한 걸음 뒤로 물러났다.

'아니, 어떻게?'

자신을 가로막고 있던 철문은 유사시 상황에 대비해 만들어진 방탄 철문으로, 열쇠가 없으면 쉽게 열리지 않는 것이었다.

그런데 열쇠도 없이 잠금장치를 억지로 부수고 들어오는 사람의 모습에 김연정은 다시 한번 깜짝 놀랄 수밖에 없었다.

"누, 누구네?"

조금 전에는 자신을 이곳에서 꺼내 줄 수 있는 사람이 나타났다는 것에만 신경을 쓰고 있어 문을 열리는데에만 집중을 하고 있었다.

그런데 문을 열고 들어오는 사람의 모습이 자신이 상상하던 모습과는 전혀 달랐기에 깜짝 놀란 연정이 떨리는 목소리로 물었다.

"알 것 없고, 당신의 오빠, 김종은의 부탁을 받고 당신들을 이곳에서 빼내기 위해 온 사람입니다."

장재원은 자세한 설명 없이 자신이 무엇 때문에 이곳에 온 것인지만 간략하게 설명을 하고는 그녀에게 질문을 하기 시작했다.

"당신과 함께 이곳에 온 김종은의 가족들은 어디 있습니까?"

"너 소속이 어디네? 감히……."

인민의 태양이자 수령인 자신의 오라버니의 이름을 함부로 부르는 장재원의 모습에 순간 화가 난 김연정은 눈을 부라리며 고함을 질렀다.

'역시… 앙칼지군.'

뉴스를 통해 그녀의 모습을 본 적이 있는 장재원으로서는 지금 한순간이 급한 마당에 자신의 말투를 꼬투리 잡고 따지는 김연정의 모습에서 그녀의 성격을 파악할 수 있었다.

순간 짜증이 난 장재원이 살짝 고개를 흔들었다.

자신의 질문에는 대답도 하지 않고 이상한 행동을 하는 장재원의 모습에 김연정의 표정은 더욱 구겨졌다.

"난 당신들 밑에 있는 사람이 아니야. 그리고… 아니다."

뭔가 말을 하려다 중간에 멈춘 장재원은 표정을 굳히

울트라 코리아

며 다시 한번 물었다.

"당신의 새언니와 조카들이 있는 곳으로 안내를 하기 바란다."

"네 소속이 어… 읍읍!"

장재원은 또다시 자신을 향해 고함을 지르려던 김연정의 입을 억지로 막았다.

순간 고함을 치려던 김연정이 장재원에 의해 입이 막히자, 당황해하며 눈동자를 굴리기 시작했다.

얼굴도 보여 주지 않고 이상한 모습을 하고 나타난 장재원의 모습에 겁이 나긴 했지만, 이 상황 자체가 이해가 가지 않았다.

그러다가 이런 소란이 일어났음에도 불구하고 아직까지 이곳에 누가 나타나지 않는 것에 정신을 차린 김연정은 방금 전 장재원이 질문한 조카들과 새언니의 행방에 대해 이야기하기 시작했다.

"여기서 멀지 않은 곳에 나처럼 연금되어 있을 것이야!"

"알겠다."

김연정의 말에 장재원은 이곳 안가의 평면도를 펼쳐 그들이 감금되어 있을 만한 장소를 찾아보았다.

이윽고 고민을 마친 장재원이 고개를 들어 적외선과 열 영상 장치를 사용했다.

그가 바라본 방향은 김종은의 가족들이 있을 곳으로 추정되는 장소였다.

그리고 얼마 떨어지지 않는 곳에서 생명 반응이 있는 것을 포착했다.

장재원은 곧바로 무전을 날렸다.

"B2—A7과 B2—A8에 요구조자가 있을 것으로 파악된다."

장재원은 자신과는 꽤 떨어져 있는 김정은의 가족들이 있을 곳으로 예상되는 위치를 전송했다.

— 수신 완료.

지하 2층을 자신과 함께 조사를 하던 부하 중 한 명이 대답을 했다.

이곳 17호 안가에는 총 여섯 명이 들어왔다.

지상 2층, 지하 3층에는 두 명씩 조사하기로 하고 내려왔기에 다른 한 명에게 정보를 알린 것이었다.

그러면서 장재원은 다른 층을 조사하는 이들에게 숨겨 둔 탈출 캡슐을 가지고 와 달라고 부탁했다.

"사장님, B2—A7로 캡슐을 가져와 주십시오."

*   *   *

"모두 들었지?"

이효원은 방금 전 목표가 있는 안가로 들어간 팀에서 요구조자를 확보했다는 무전을 듣고, 자신의 팀원들을 쳐다보며 입을 열기 시작했다.

— 네, 들었습니다.

"그럼, 우린 다음 행선지를 향해 가기 위한 탈출로 확보를 실시한다."

지금까지 작전은 순조롭게 진행이 되었다.

이제는 확보한 요구조자를 안전하게 전달을 하는 것만 남았다.

그렇지만 이곳 일대는 중국의 인민 해방군 제78집단 군이 포진을 하고 있을 뿐만 아니라, 북한의 김종은이 무장을 해제하라는 지시를 했음에도 불구하고 아직까지 무장해제를 하지 않은 북한군 부대가 주둔하고 있었다.

그렇기에 김종은의 가족과 선전부부장인 김연정을 무사히 빼내 오기 위해선 조금 더 안전한 루트가 필요했다.

솔직히 전면전을 한다면 이곳 주위에 있는 중국 인민 해방군이나 북한군에게 밀리지 않을 자신이 있었다.

하지만 비무장 민간인인 김연정과 그 일행들을 데리고 아무런 피해 없이 이곳을 빠져나가는 것은 또 다른 문제였다.

그리고 요구조자들의 안전을 위해 20㎜ 철갑탄이나, 30㎜ 기관포탄에 견딜 수 있는 탈출 캡슐을 준비했다고는 하지만, 그것이 모든 것을 막아 줄 것이란 생각은 하지 않았다.

이곳 일대에는 그보다 더 강력한 화력을 가진 무기들도 있었으니까.

애애애애앵!

안가 내에 침투한 팀에서 요구조자의 신병을 확보했다는 무전이 있기 무섭게 안가에서 사이렌이 울렸다.

안가 내로 침투한 이들의 행적이 발각이 된 것이었다.

"0팀이 발각이 된 것 같다. 지성이와 세민이는 안가 정문 출입구 확보하고……."

이효원은 안가에서 사이렌이 울림과 동시에 빠르게 부하들에게 지시를 내렸다.

행적이 발각된 마당이니 안가 내로 침투한 국진을 비롯한 0팀이 처음 들어간 송풍구를 이용하기 보단 탈출로를 안가 출입구로 선택할 것이 분명했기에 그렇게 지시를 내린 것이었다.

뿐만 아니라 안가를 나와 이동을 하기 위해 필연적으로 만나게 될 초소들은 이미 처리했지만, 그 너머에 있는 중국 제78집단군 주둔 부대들이 문제였다.

그래서 그들은 직접 움직여 처리를 할 생각이다.

"태민이하고 수영이는 나와 함께 탈출로에 겹치는 중국 인민 해방군들을 처리한다."

— 알겠습니다.

— 카피 뎃!

무전을 받은 팀원들로부터 보고를 받은 이효원은 빠르게 움직이기 시작했다.

그러면서 그가 보고 있는 화면에서 아군으로 표시된 파란색 점들이 움직이는 모습을 보았다.

*   *   *

쾅!

방문이 열리며 들려온 부하의 보고에 주진충은 깜짝 놀랐다.

이곳은 김종은 일가가 유사시 자신들의 안전을 보장받기 위해 만든 비밀 안가 중 하나였다.

그런데 이곳을 어떻게 알고 누군가가 침투를 했다니.

"정체는 파악됐나?"

주진충은 곧바로 안가 내로 침투한 존재에 대해 질문했다.

혹여나 자신들이 제압한 북한의 호위총국 부대가 억류에서 풀려나, 자신들을 공격하는 것은 아닌가 하는 의심이 들었기 때문이다.

자신들이 있는 안가를 공격할 만한 존재는 단 둘.

그중 한국군은 이곳의 위치를 알지 못할 것이기에 그런 판단을 내린 것이었다.

"그, 그것이 아직 정체를 파악하지 못했습니다."

"그게 무슨 말이야!"

부하의 침투한 적의 정체를 알아내지 못했다는 보고에 주진충은 화가 나 호통을 쳤다.

적이 누군지도 모르면서 그저 밑도 끝도 없이 보고를 하여 갈피를 잡을 수 없게 만들었기 때문이다.

"그, 그것이 보이지가 않습니다!"

보고를 하던 인민 해방군 군관은 당황한 표정으로 자신이 목격한 것을 그대로 보고를 하기 시작했다.

하지만 보고를 받고 있는 주진충으로서는 더욱 혼란스러울 뿐이었다.

"보이지 않는다니… 그들이 무슨 투명 인간이라도 된다는 말인가?"

보이지 않는다는 너무도 황당한 보고에 그저 어처구니없다는 표현으로 투명 인간을 언급했다.

하지만 이를 들은 군관은 고개를 끄덕이며 주진충의

울트라 코리아

말이 정확하다는 듯이 대답했다.

"그렇습니다. 그들은 마치 투명 인간처럼 보이지 않는 상태에서 저희를 죽이고 있습니다."

대답을 한 그는 곧바로 무전기를 들어 상황실과의 통화를 시도했다.

"잠시만 기다려 주십시오."

치직!

"상황실, 감시 카메라 연결해!"

그는 회의실 안에 있는 모니터에 상황실에 있는 감시 카메라 영상과 연결을 하라는 지시를 내렸다.

치직!

잠깐의 소음과 화면 조정이 일어났고, 곧바로 화면에 이곳 안가의 내부를 비추는 CCTV화면이 보이기 시작했다.

지상 2층 건물은 물론이고, 이곳 지하 3층의 곳곳에 설치된 CCTV 화면이 64 분할되어 나타났다.

그런데 일부 복도를 비추고 있는 CCTV 화면에 이상한 것이 보였는데, 그것들의 정체는 바로 복도 곳곳에 서서 경계를 서고 있던 인민 해방군들이었다.

그들은 이미 싸늘하게 식은 시체가 되어 바닥을 뒹굴고 있었다.

"아니, 저들이 죽을 동안 아무도 침투한 적을 발견하

지 못했다는 거야!"

언뜻 눈으로 보이는 희생자만 해도 서른 명은 넘어 보였는데, 그동안 어느 한 명도 적의 그림자도 보지 못했다는 것에 화가 난 주진충이 소리쳤다.

"어?"

그런데 이때, 옆에 있던 부하 중 한 명이 한껏 의문을 드러내며 소리쳤다.

"뭐야!"

화가 난 주진충은 화를 억누를 생각은 하지 않은 채 자신의 부하를 노려보았다.

그러자 부하는 모니터에 손가락질을 하며 귀신을 본 것만 같은 안색으로 입을 열었다.

"6—9 화면에 이상한 모습이 포착이 되었… 지금은 5—9로……."

모니터를 보고 있던 그는 급히 소리쳤다.

이에 회의실 안에 있던 모든 사람들이 모니터를 주시했다.

방금 전 그가 지적을 한 것처럼 5—9 부근에서 흐릿한 형상과 뒤이어 자신들에 의해 연금되어 있던 김연정의 모습이 포착이 된 것이었다.

"김연정이 어떻게 나온 것이야?"

"그게 문제가 아니라, 그 앞에 뭔가 흐릿한 그림자가

지나갔습니다."

주진충이 화면에 김연정의 모습을 보고 그것을 지적하는 반면, 처음 이상을 알린 부하는 그에 앞서 지나간 흐릿한 형상에 대해 언급했다.

"엇!"

그들이 CCTV에 잡힌 SH시큐리티 직원들의 클라킹 모드에 놀라고 있을 때, 또 다른 부관이 다른 곳에서 그 흐릿한 형상을 발견하고 소리쳤다.

그렇게 64 분할된 화면 곳곳에서 이상 현상이 나타났고, 주진충과 제78집단군 지휘부는 혼란에 빠졌다.

"뭐 하고 있어, 얼른 비상 걸고 저것들 잡아 와!"

더 이상 적의 정체를 파악하는 것은 의미가 없어 보였다.

자신이 주둔하고 있는 곳에 적이 침투한 것은 물론이고, 연금하고 있던 북한의 고위 인사의 신병이 적에게 넘어간 상태이지 않은가.

이대로 두었다가는 자신의 경력에 치명적인 오점을 남기는 일이 될 터.

아니, 오점은 이미 적이 이곳에 침투할 때까지 모르고 있었다는 점에서 돌이킬 수 없는 지경에 이른 것이나 마찬가지였다.

다만, 침투한 적을 여기서 막아 낸다면 충분히 덮을

수 있는 문제였다.

그러니 실수를 빠르게 인정을 하고 대책 마련에 집중하는 게 시급했다.

"김책시에 주둔 중인 108부대에 연락해서 이곳으로 오라고 해."

"알겠습니다."

주진충은 이미 이곳 안가 내부에 있는 부하들 대부분이 죽었다는 것을 알 수 있었다.

안가의 규모 때문에 많은 부하들을 데려오지 못한 것이 실수라면 실수였다.

그는 깔끔하게 인정했다.

자신의 실수라는 것을.

그래서 안가와 5㎞ 떨어진 김책시에 주둔시킨 108부대를 이곳으로 불러들이라 지시를 내린 것이었다.

이곳에 침투한 이들은 언뜻 봐도 열 명 안팎의 소수라는 것이 그의 판단이었다.

그 이상이면 아무리 최첨단 장비를 동원했다고 해도 지금에서야 발각이 됐다는 게 말이 되지 않았기 때문이다.

그런 판단을 한 주진충은 중국 특유의 인해전술로 이번 일을 마무리하기로 작정을 했다.

＊　　　＊　　　＊

시이이잉!

어두운 밤하늘을 바람을 가르는 듯한 날카로운 소음을 내며 날아가는 물체가 있었다.

그것은 한 점의 불빛도 없이 어두운 밤하늘을 날아 북한 상공을 지나갔다.

상공에 떠 있기도 했고, 소리도 그리 크지 않았기에 지상에 있던 어느 누구도 그 물체가 자신들의 머리 위를 날아가고 있다는 사실을 알지 못했다.

"알파1, 알파1, 여기는 델타1. 현재 김형권읍을 지나고 있다."

델타1이라 말하고 있는 이들의 정체는 바로 SH항공의 테스트 파일럿과 그가 운용을 하고 있는 실험 기체였다.

대한민국 군의 기동헬기를 대체하기 위해 SH항공에서 비밀리에 개발을 하고 있는 유인드론으로 그 크기는 9*10*4이고, 네 개의 회전 로터를 가진 대형 드론이었다.

11톤의 물자와 완전무장 한 여섯 명의 병력을 수송할 수 있으며, 경우에 따라 6톤의 무장을 탑재할 수 있도록 다목적 설계를 한 드론이었다.

그런데 아직 시험 단계인 이것이 이번 구조 작전에 투입이 된 것이었다.

스텔스 설계가 적용되어 짙은 도색을 하였기에 레이더는 물론이고, 어두운 밤에는 육안으로도 식별이 불가능했기에 이런 작전에서 무척이나 유리한 면이 있었다.

치직!

— 델타1, 델타1, 여기는 알파1! 수신했다.

델타1이 무전을 날리자, 조금 뒤 알파1에게서 무전이 들려왔다.

알파1은 김종은이 가족들을 구출하기 위해 투입된 SH시큐리티의 팀에 부여된 코드였다.

"현재 상황을 알려 달라!"

델타1의 조종사는 억류된 김종은의 가족들을 구출하기 위해 출동한 알파1에게 현재 상황은 어떠한지 물었다.

델타1이 이런 요구를 한 것은 아직 실험 기체이다 보니 완벽한 무장을 하고 있지 않았기 때문이다.

비상시국이다 보니 군에서 무장을 허락하기는 했지만, 델타1은 정식으로 허가된 군용 기체가 아니다 보니 무장을 하는 것에 제약이 따를 수밖에 없었다.

그래서 전면전을 할 수 없는 관계로 현장 상황을 파악하는 것이 무엇보다 중요했다.

— 현재 타깃을 확보하고 이동 중이다. 다시 한번…….

알파1은 자신들의 목적인 김종은의 가족들을 구출해 이동 중임을 델타1에게 알렸다.

그런 알파1의 보고에 델타1의 조종사는 얼른 무전을 받아 원래 계획되어 있던 접선 지점을 알려 주었다.

"풍서읍 동쪽 20㎞ 지점에서 대기를 하겠다."

— 알겠다. 5분 뒤에 만나자.

델타1의 조종사가 정확한 접선 지점을 알려 주자, 이효원(알파1)은 5분 뒤에 보자는 말을 남기고 무전을 종료했다.

안가에서 김연정과 김종은의 가족들을 구출하고 그곳을 탈출한 김국진과 0팀 그리고 경호 3팀은 김종은의 가족들이 들어 있는 캡슐을 들고 빠르게 이동을 하고 있었다.

그런 그들의 뒤로 악착같이 추적을 하는 중국 인민

해방군들이 뒤따르고 있었다.

하지만 인민 해방군은 쉽게 이들의 뒤에 붙지 못하고 있었는데, 그 이유는 바로 탈출 캡슐을 들지 않은 SH시큐리티 경호원들의 반격 때문이었다.

이들이 비록 로켓이나 미사일 등의 중무장을 하고 있진 않았지만, 그렇다고 소총류의 경무장만 하고 있는 것은 아니었다.

한국군의 특수부대용 무기를 연구하면서 SH시큐리티의 경호원들은 가장 먼저 SH인더스트리에서 개발한 무기들을 시험해 왔다.

현대전은 시가전이 무척이나 중요했기에 장거리 타격 무기뿐만 아니라 시가지 전용 무기도 연구를 하고 있었는데, 이번 인질 구출 작전에 이것들이 사용되고 있었다.

비록 이곳이 원래 목적으로 사용될 시가지는 아니었지만, 소수의 특수부대가 퇴각을 하면서 벌일 수 있는 전투를 경험하고, 또 대규모 보병 부대와의 전투에서 이 무기들이 어떻게 작용을 하는지 시험하기에는 무척이나 좋았다.

그리고 시가전용으로 소형화된 유도 로켓은 파워슈트와 결합을 하여 뒤를 쫓는 중국 인민 해방군들을 상대로 상당한 효력을 보이고 있었다.

비록 많은 숫자의 인민 해방군에게 큰 피해를 입히지는 못했지만, 그들의 발걸음을 멈추는 데에는 전혀 손색이 없었다.

그에 맞춰 이들이 기본 무장으로 갖추고 있는 가우스건은 이처럼 어두운 밤에 침투 작전을 하는 특수부대에게 큰 무기가 되고 있었다.

일반 화약 무기에 비해 소음도 적고, 아음속이었기에 충격파나 공기 마찰로 인한 불꽃도 발생하지 않아 위치를 발각당할 염려도 없었다.

그러다 보니 이들의 뒤를 쫓는 인민 해방군 부대의 입장에선 이보다 무서운 적이 없었다.

분명 자신들은 적의 뒤를 쫓고 있는데, 갑자기 옆에서 혹은 뒤에서 공격을 당하다 보니, 어느 순간 자신들이 정확하게 적을 쫓고 있는지 방향을 제대로 잡을 수가 없어 혼란스러운 것이었다.

그런 혼란은 자신들에 비해 현격히 적은 숫자인 적에게도 두려움을 가지게 만들었다.

그 결과, 뒤를 쫓으면서도 간간이 흔적을 놓칠 수밖에 없었다.

거기에 더해 SH시큐리티의 경호원들이 머리에 쓰고 있는 헬멧은 짙은 어둠 속에서도 자신들을 쫓고 있는 인민 해방군들의 위치를 정확하게 보여 주고 있었다.

그러니 아무리 주변이 어두워도 이들은 인민 해방군들을 상대로 정확한 사격을 하고 있는 반면, 열상 장치도 없이 상관의 명령에 출동하여 적을 쫓고 있는 중국 인민 해방군은 제대로 된 반격조차 하지 못하고 허무하게 쓰러져 갔다.

*　　　*　　　*

"더 이상 적이 따라오지 않는다. 이만 철수한다."

이효원 부장은 화면 속에 자신들을 쫓던 인민 해방군이 점점 멀어지는 모습을 보면서 팀원들에게 무전을 날렸다.

이에 추적하는 인민 해방군을 저지하는 임무에 임하고 있던 경호 3팀의 인원들이 다시 움직이기 시작했다.

인민 해방군이 철수를 하는 모습을 지켜보던 이효원은 그렇게 자신의 팀원들과 함께 자세를 풀고 먼저 출발한 0팀의 뒤를 쫓았다.

그렇게 뒤늦게 출발한 경호 3팀이 약속된 접선 장소에 도착한 것은 인민 해방군을 저지하고 출발한 지 5분이 지난 뒤였다.

원래 약속대로라면 요구조자들을 태운 델타1은 진즉 출발했어야 했다.

하지만 상황을 지켜보고 있던 위성에서 뒤를 쫓던 인민 해방군이 퇴각을 한 것을 확인하고는 요구조자뿐만 아니라 경호 3팀까지 모두 데리고 철수를 하라고 새롭게 지시를 하였기에 기다리고 있었다.

만약 그런 명령이 없었더라면, 델타1은 원래 작전대로 요구조자가 들어 있는 탈출 캡슐과 먼저 도착한 0팀만 데리고 그곳을 떠났을 것이었다.

그렇게 대형 드론은 경호 3팀까지 함께 탑승을 시키고 철수를 하기 시작했다.

＊　　　＊　　　＊

늦은 시각, 수호는 잠도 자지 않고 알파1 즉, 김국진과 0팀 그리고 경호 3팀의 일부가 북한의 양강도에 있는 김종은의 비밀 안가에 침투를 하는 모습을 보았다.

그리고 요구조자인 김연정과 김종은의 가족들을 구출하고 또 이들을 데리고 그곳에서 탈출하는 모습을 끝까지 지켜보고 있었다.

[김국진 사장이 상당히 터프하네요.]

슬레인은 마스터인 수호와 함께 김국진 사장이 0팀과 함께 인질 구출 작전을 펼치면서 보인 모습에 그러한 말을 한 것이었다.

김국진 사장이 인질 구출 작전을 펼치면서 안가 내에 있는 중국 인민 해방군에 대한 사살 명령을 내렸기 때문이다.

원래 인질 구출 작전에서 무엇보다 중요하게 생각하는 것은 구출할 요구조자의 안전이었다.

그렇기에 적진에 침투를 하여 인질을 구출하기 전까진 최대한 교전을 하지 않고 움직이는 것이 기본이었다.

한데, 김국진은 그런 판단을 하기 보단 안가 내에 있는 인민 해방군의 숫자를 줄이는 것에 초점을 맞췄다.

그래야 요구조자를 확보한 뒤에 탈출이 용이하다는 판단을 내렸기 때문이다.

실제로도 그러한 김국진의 판단이 틀린 게 없었다.

교전을 늦추는 것보다, 오히려 보이는 적을 제거하는 것이 그들의 침투를 적에게 늦게 알려지게 만들었다.

만약 교전을 피하는 방법을 사용했더라면 아무리 클락킹 기능이 있는 파워슈트를 착용하고 있더라도 한정된 공간이라 결국 적들에게 들키고 말았을 것이다.

그런데 자신들을 발견할 목격자를 제거함으로써 발각되는 시간을 늦추었고, 그 선택은 성공적인 인질 구출 작전이 되었다.

"그러게 말이야. 김국진 사장은 국정원이 아니라 군

울트라 코리아

에 있었다면 더욱 많은 성과를 냈을 건데, 선택을 잘못한 것 같아."

한때는 악연으로 만났지만, 자신의 밑에서 제대로 기량을 뽐내고 있는 김국진을 보면서 수호는 그런 생각을 하였다.

국가에 충성을 하는 조직에 들어간 것은 맞았으나, 자신의 이득을 쫓는 상관을 만나면서 그의 인생은 이상한 방향으로 향했다.

하지만 그 과정에서 수호를 만나고 제압이 되어 하수인 아닌, 하수인이 된 김국진과 그의 밑에 있던 국정원 출신들은 그들이 국정원 신입 요원으로 선발이 되었을 당시 품고 있던 포부처럼 국가를 위한 인생을 살아가고 있었다.

다만, 그것이 국가를 위한 일이기는 하지만, 공식적인 일이 아닌, 지금처럼 비밀 임무이지만 말이다.

아니, 어쩌면 SH시큐리티의 직원이 되면서 그들의 직업 만족도는 국정원에 있을 때보다 훨씬 높아졌을지도 모른다.

[이제 1단계가 완료되었군요.]

슬레인은 알파1이 김종은의 가족들이 들어 있는 탈출 캡슐을 델타1의 화물칸에 싣는 것을 보면서 그렇게 이야기를 하였다.

"그래, 이제 겨우 1단계가 완료되었어."

대답을 하는 수호의 두 눈은 반짝이고 있었다.

지금의 상황에 이르기까지 수호와 슬레인은 오랜 기간 계획을 세우고 또 수정을 하면서 달려왔다.

중간중간 피치 못할 사정에 의해 잠시 계획이 늦춰지기도 했지만, 한 번도 멈춘 적은 없었다.

아무리 좋은 계획을 세우고 제안을 해도 자신에게 이익이 되지 않으면 행동을 하지 않는 이도 있었다.

물론 그런 이들은 철저하게 배제를 시켰다.

모든 것을 혼자서 다 할 수는 없어서 여러 기업들에게 손을 내밀었지만, 수호의 손을 잡는 곳은 몇 곳 없었다.

하지만 수호는 그런 이들에게 거의 퍼 주다시피 기술을 이전해 주고, 또 그들이 부족한 부분에선 슬레인과 연구를 하여 넘겨주기도 했다.

물론 그럴 때는 약간의 로열티를 받기도 하였다.

무조건적인 퍼 주기는 자칫 상대에게 호구로 비춰질 수도 있었기에, 수호는 상대가 절대로 자신을 쉽게 생각하지 못할 정도의 조건을 걸어 상대를 해 왔다.

그러한 방법이 들어맞았는지, 거래를 한 기업들은 수호나 SH 그룹을 쉽게 생각하지 않았다.

물론 수호가 넘겨준 기술의 가치를 알고 있는 것도

있었지만, 수호의 밑에 있는 배경(장군회와 대동회)이 만만치 않은 것도 크게 작용했다.

그런 배경이 없었더라면, 기존의 대기업들은 수호와 쉽게 손을 잡으려 하지는 않았을 것이다.

어찌 되었든 SH 그룹도 경쟁자이지 않은가.

그것도 자신들이 가지지 못한 첨단 기술을 가진 강력한 경쟁자 말이다.

"청와대에 알려 줘."

[알겠습니다. 바로 조치하겠습니다.]

"참, DF—X는 어때?"

슬레인에게 지시를 내린 수호가 문득 든 생각에 질문을 던졌다.

DF—X라고 명명된 유인드론에 대한 질문이었다.

DF—X는 대한민국 육군의 기동헬기를 대체할 목적으로 SH항공이 자체적으로 개발하고, 헬리콥터가 가진 약점을 극복하고자 만든 차세대 회전익 항공기였다.

고정익 즉, 날개가 고정된 비행기들과 다르게 회전익기는 많은 단점들이 존재했다.

속도가 느리고, 고고도에서 활용할 수 없으며 소음으로 인해 탐지가 약하다는 약점이 있었다.

그럼에도 불구하고 고정익기가 가지지 못한 장점으로 인해 많은 국가에서 사용을 하고 있었다.

수호와 슬레인은 이에 회전익기의 약점으로 대두된 생존성을 높이는 방법으로 기동성과 전차의 능동 방어 체계를 접목하는 방식으로 연구를 진행해 왔다.

거기다 회전익기의 약점인 소음을 줄이기 위해 수호는 과감하게 전기모터를 선택했다.

물론 그렇다고 해서 아예 소음이 없어진 것은 아니지만, 엔진의 폭발음에 비해선 거의 없는 것이나 다름없을 정도로 소음이 줄어들었다.

거기에 네 개의 로터 블레이드를 가지다 보니, 기동성이 크게 향상되었다.

뿐만 아니라 힘이 좋아져 화물 적재량도 늘어나는 것은 덤이었다.

그리하여 나온 것이 바로 DF—X인 것이다.

다만, 그러다 보니 덩치가 기존의 헬리콥터에 비해 커졌다는 단점이 있지만, 그것을 무시해도 좋을 만큼 장점이 늘어났기에 수호는 DF—X에 불만은 없었다.

그리고 DF—X는 잠자리가 나는 모습에서 개발이 된 헬리콥터에서 착안한 잠자리의 영어명인 드래곤플라이(Dragonfly)에서 앞 글자를 따 DF를 가져오고 실험기인 X를 붙여 DF—X라는 이름을 붙인 것이었다.

그 DF—X를 이번 인질 구출 작전에 투입해 본 결과, 성능은 무척이나 만족스러웠다.

이대로 조금만 더 개선을 한 뒤 양산을 한다면, 충분히 군에서 요구하는 ROC(작전 운용 성능)를 충족할 것으로 보였다.

물론 DF—X의 외형으로 인해 거부감이 들 수도 있지만, 성능이 충족한다면 군에서는 별다른 불만이 나오지 않을 게 분명했다.

3. 김종은의 항복 선언

좌라라라!

번쩍! 번쩍!

청와대 춘추관 앞에는 늦가을의 싸늘한 날씨임에도 불구하고 수많은 사람들이 모여 있었다.

또한 수많은 카메라에서는 플래시 불빛이 끊임없이 번쩍이고 있었다.

이들이 이렇게 이른 시각 청와대 춘추관에 모여 있는 것은 어제 늦은 오후에 발생한 북한의 무력 도발과 그에 대한 국군의 대응에 대한 브리핑, 그리고 그 결과에 대한 기자회견을 한다는 발표가 있었기 때문이다.

"이번에 발생한 북한의 도발은 우리 국군의 사전에 준비된 군사 대비 태세에 모두 막힌 것은 물론이고, 북한의 도발에 맞서 대대적인 반격을 한 결과, 북한의 대부분의 지역은 우리 국군에 의해 무력화가 되었습니다. 뿐만 아니라⋯⋯."

촤좌좌좌!

청와대 대변인의 발표가 계속될수록 기자들은 그의 말을 받아 적는 속도가 빨라졌고, 카메라맨의 경우 한순간도 놓치지 않겠다는 듯 계속해서 카메라 셔터를 눌러 댔다.

"이상으로 청와대 발표였습니다."

대변인이 발표를 마치고 물러나자, 기자들 사이에서 약간의 소란이 일었다.

"대변인님, 그럼 앞으로 어떻게 되는 것입니까?"

국군의 반격으로 북한 지역이 대부분 국군에 의해 장악이 되었다는 소리에 기자들이 다음 소식이 궁금해 물어본 것이었다.

"그것은 조금 뒤, 전 조선인민공화국의 주석인 김종은이 발표를 할 것입니다."

쾅!

폭탄이 터진 것과도 같은 엄청난 말이 청와대 대변인의 입에서 터져 나왔다.

"북한의 주석인 김종은이 발표를 한다니? 그게 무슨 소립니까?"

너무도 어처구니없는 말이었기에 기자들은 대변인이 한 말을 이해하지 못해 되물었다.

"말 그대로입니다. 그럼……."

그렇게 자신이 할 말만 하고 뒤돌아서 나가는 대변인의 모습에 기자들은 더 이상 질문을 하지 못하고 멍하니 그의 뒷모습만 지켜볼 수밖에 없었다.

"저게 무슨 소리야? 누구 아는 사람 없어?"

기자들 속에서 누군가 자신의 궁금증을 이기지 못해 주변을 돌아보며 그렇게 물었다.

하지만 방금 전 대변인이 한 발표를 이해하는 사람은 이 자리에 있는 사람 중 누구도 없었다.

"설마 김종은이 여기 있는 거 아냐?"

누군가 그냥 농담을 던지듯 이야기를 하였는데, 정말이지 그것은 소가 뒷걸음질 치다 쥐를 잡은 격이었다.

웅성! 웅성!

"에이 그건 아니다. 북한의 김종은이 뭐 한다고 여기에 있어? 아무리 무장해제 선언은 했다지만, 김종은이 기자회견장에 나타날 필요는 없지."

여기저기서 조금 전 청와대 대변인이 하고 간 발표 때문에 이전투구를 하였다.

"전 조선인민공화국 주석인 김종은이 성명을 발표합니다. 모두 조용히 자리에 착석을 해 주시기 바랍니다."

그때, 청와대 공보관이 나와 마이크에 대고 이야기를 하자, 장내는 한순간에 쥐 죽은 듯 조용해졌다.

그도 그럴 것이, 조금 전 한 기자가 농담 식으로 이야기를 했던 것이 실제로 벌어졌기 때문이다.

'아니, 이게 어떻게 된 거야?'

정작 자신이 그런 말을 했던 기자는 솔직히 깜짝 놀랐다.

정말로 농담을 한 것뿐이었는데, 실제로 북한의 김종은이 청와대 춘추관에 나타났고 지금 자신의 눈앞에 있었다.

"흠흠, 친애하는 남조선 동포 여러분……."

청와대 대변인이 뒤이어 나타난 김종은은 붉게 상기된 표정으로 가지고 나온 원고를 읽으며 발표를 하기 시작했다.

찰칵! 찰칵!

촤라라라!

북한의 김종은이 대한민국의 중심인 청와대 춘추관에 나타난 것에 경악은 했지만, 그가 담화문을 발표하기 시작하자 카메라 기자들은 정신을 차리고 카메라 셔터를 빠르게 누르기 시작했다.

다른 기자들은 빠르게 자신의 무릎 위에 놓인 노트북으로 타이핑을 하였다.

[속보. 북한의 주석 김종은이 한국의 청와대에 나타나 담화문을 발표하고 있으며…….]

대한민국 국내 언론은 물론이고, 청와대 출입증을 가지고 있는 외신 기자들은 일제히 김종은이 청와대에 나타난 것을 긴급 속보로 본국에 송신을 하기 시작했다.

뿐만 아니라 김종은이 발표하는 내용도 뒤이어 전 세계에 알려졌다.

[북한의 김종은은 이번 휴전선의 무력 도발은 전적으로 중국 정부의 사주를 받아 이루어진 것이었으며, 그 대가로 20억 달러 상당의 달러와 현물을 받기로 협약을 하였다고 한다. 또한 현재 북한의 70%가 한국의 특수부대에 의해 장악된 상태이며, 중국의 북부전구 전력 일부가 무단으로 점거하고 있음을…….]

타이핑을 하고 있던 기자들은 본국에 송출을 하던 것도 멈추고 경악스러운 표정으로 발표를 하고 있는 김종은을 쳐다보았다.

그도 그럴 것이, 북한이 휴전선에서 무력 도발을 한

지 불과 열여섯 시간이 지났을 뿐이었다.

그런데 한국이 북한의 70% 가까이를 점령한 것은 물론이고, 북한군을 무력화시켰다는 사실에 놀라지 아니할 수가 없었다.

아무리 대한민국이 세계 군사력 순위 6위라고는 하지만, 북한도 28위에 이르는 군사력을 보유하고 있는 나라였다.

거기에 더해 핵무기까지 개발한 국가이기에 결코 약하지 않았다.

그런데 불과 열여섯 시간이 지난 지금, 실질적으로 항복 선언을 하고 있는 김종은의 발표가 진실인지 알 수가 없었다.

'혹시 저거 가짜 아니야?'

급기야 기자들 사이에서는 지금 발표를 하고 있는 사람이 북한의 김종은이 아닌, 비슷한 가짜가 아닌가 하는 의심이 피어올랐다.

그들이 아는 진짜 북한의 지도자인 김종은이라면, 이렇게 쉽게 항복 선언을 할 리가 없다고 생각했기 때문이다.

"이상으로 발표를 마치갔습네다."

마지막으로 발표를 마칠 때의 김종은의 표정은 무척이나 담담한 모습이었다.

그 때문인지 기자들의 의심은 더욱 깊어졌다.

"정말로 김종은 주석이 맞습니까?"

결국 기자들 속에서 누군가가 진짜 김종은, 본인이 맞는지 물어보는 이가 나타났다.

"거기 기자님, 소속을 밝히고 질문을 해 주시기 바랍니다."

평소라면 이렇게 발언권이 주어지지 않을 기자회견에서 이런 질문이 나오면 중간에 끊고 막는 것이 일상이었는데, 무슨 이유에서인지 단상 옆에 대기를 하고 있던 공보관은 차분한 어투로 소속을 밝히고 질문을 하라는 말을 하였다.

이에 눈이 커진 기자들은 일제히 손을 들고 발언권을 얻기 위해 떠들었다.

웅성! 웅성!

촤라라라락!

"거기 2열에 네 번째 앉으신 기자분. 일어나서 소속을 밝힌 뒤 질문을 해 주시기 바랍니다."

공보관은 기자들 속을 둘러보다 친정부 언론사의 기자를 알아보고는 발언권을 주었다.

"감사합니다. 중아일보의 김이순이라고 합니다."

지목을 받은 기자는 자리에서 일어나 자신의 소속과 이름을 말하고는 곧바로 자신의 궁금증을 풀기 위해 질문을 던졌다.

"지금 단상에서 발표를 하신 분이 정말로 북한의 김종은 주석이 맞습니까?"

발언권을 얻은 것에 반해 너무도 어이없는 질문이기는 했지만, 사실 이 자리에 있는 사람들이 모두가 궁금해하는 질문이기도 했다.

정말로 북한의 김종은이 평양이 아닌, 서울 그리고 청와대에 나타난 것이 맞는지 궁금했기 때문이다.

"허허, 내래 김종은이 맞아."

이미 마음을 비우고 이곳에 나왔기에 김종은은 어떤 질문이 나오던 상관이 없었다.

오늘 새벽, 중국 인민 해방군에 억류가 되어 있던 동생과 가족들을 만난 김종은이었다.

솔직히 부탁을 하기는 했지만, 정말로 무사히 가족들을 다시 볼 수 있을 것이라고는 상상도 못했다.

다만, 자식들이라도 무사히 볼 수만 있다면, 모든 것을 포기할 수도 있겠다는 생각을 하였다.

그런데 설마 했던 일이 그대로 이루어졌다.

무사하길 바란 자식들은 물론이고, 아내와 여동생도 무사히 남한에 들어온 것이었다.

그 과정에서 힘든 고난이 있던 것 같지만, 겉으로 보기에는 아무런 상처도 없이 무사했다.

그리고 김종은은 그것이면 족했다.

그래서 이렇게 평양의 집무실이 아닌, 남한의 청와대에서 기자들 앞에서 기자회견을 하기로 한 것이었다.

물론 무장해제 선언은 뉴스를 통해 이미 한 번 나갔다.

하지만 김종은의 얼굴이 대한민국, 그것도 청와대에서 나온다는 것은 무장해제 선언과는 전혀 다른 것이었다.

"내래 욕심 때문에 인민들이 고생을 한 것 잘 알고 있어!"

김종은은 기자들이 무엇 때문에 자신에게 이런 질문을 하고, 어떤 이야기를 듣기를 원하는지 잘 알기에 아무런 거리낌 없이 질문에 모두 답을 해 주었다.

몇 시간 동안 가족과 떨어져 있으면서 김종은은 많은 생각이 들었다.

이전에는 며칠을 떨어져 있어도 이런 느낌이 전혀 들지 않았다.

하지만 상황이 예상과 다르게 돌아가면서 무력 도발은 전쟁 상황으로 바뀌었다.

이는 자신이 원하던 상황은 아니었지만, 어쩔 수 없는 일이었으며 남한의 군대는 자신이 생각한 것 이상으로 막강했다.

그 때문에 별다른 저항도 못 해 보고 포로가 되고 말았다.

그 과정에서 자신이 믿고 있던 호위총국의 수장인 리병철은 배신을 하였다.

처음에는 자신을 배신했다는 점에 대해 무척이나 화가 나고 앞에 보이기만 하면 때려죽이고 싶은 심정이었다.

하지만 신병이 구속된 채 남쪽으로 이송이 되어 홀로 시간을 보내면서 많은 생각을 하게 되었다.

그렇게 생각을 하다 보니 모든 것이 다르게 보였다.

이전에 권력을 잡기 위해 혈육까지 암살하며 치열하게 살아온 삶이 참으로 덧없다는 생각이 들었다.

그리고 자신의 욕심 때문에 무고하게 죽은 병사들이나, 중국군에 의해 꼭두각시가 될지도 모르는 자신의 가족들을 생각하니, 자신이 참으로 많은 잘못을 했다는 것을 깨달을 수 있었다.

그래서 모든 것을 내려놓고 부탁을 했던 것이다.

가족들을 무사히 구해 주면 모든 것을 포기하겠다고 말이다.

이런 사실을 알지 못하는 기자들로서는 청와대 춘추관에 나타난 이가 진짜 김종은인지, 그리고 무엇 때문에 이렇게 얼굴을 드러내 놓고 기자회견을 하는 건지 의심을 할 수밖에 없었다.

*　　　*　　　*

"허허!"

자다 말고 비서의 급하다는 연락에 억지로 눈을 뜨고 TV를 보던 제레미 라이스 부통령은 허탈한 웃음을 흘렸다.

아시아의 동쪽 끝에 있는 자신들의 동맹국에서 벌어진 국지전으로 인해 긴장을 하다 잠깐 눈을 붙인 미국의 NSC 위원들도 경악을 금치 못하고 있었다.

그도 그럴 것이, 그동안 자신들의 골머리를 아프게 한 북한의 수장인 김종은이 갑자기 한국의 청와대에 나타나 항복 선언을 확실시했기 때문이다.

핵폭탄이다, ICBM이다 그동안 자신들을 얼마나 골치 아프게 했는가.

공산주의 종주국인 소련의 후신인 러시아와 새롭게 자신들 미국의 경쟁자를 자처하는 중국 공산당을 견제하는 것도 골치가 아픈 가운데, 미국의 한 개 주에도 미치지 못하는 북한이 자신들을 상대로 협박을 하는 것에 정말이지 골치를 썩였다.

그런데 그런 북한이 불과 몇 시간 만에 한국에 항복

을 하였다.

미국의 입장에선 북한이 남한에 항복을 한 것은 무척이나 고무적인 내용이었다.

일단 미국 본토를 공격할 수 있는 국가 중 하나가 사라졌기 때문이다.

그뿐만 아니라 북한이 보유한 것으로 추정되는 핵폭탄에 대한 걱정도 사라졌다.

미국과 동맹인 한국이라면 잘 설득을 해서 북한이 가지고 있던 핵무기를 모두 폐기할 수도 있을 것 같았으니까.

다만, 새로운 위협인 중국을 떠올린다면, 굳이 북한이 가지고 있던 핵무기를 폐기할 필요가 있냐는 문제가 대두되기도 했다.

조금 전에도 언급을 했듯 한국이라면 핵무기를 보유한다고 해도 자신들을 위협하지 않을 것이 확실했기 때문이다.

더욱이 한국은 대량 살상 무기에 대한 통제가 그 어느 나라보다 철저한 국가 중 하나였다.

심지어 자신들 미국보다 더 안전하다고도 할 수 있었다.

그런데, 한 가지 걸리는 것이 있어서 NSC 위원들의 표정은 좋지 못했다.

울트라 코리아

북한의 도발이 있기 전, 자신들은 중국의 사주를 받은 북한이 한국을 상대로 무력 도발을 할 것을 이미 알고 있었다.

하지만 이러한 사실을 한국 정부에 알리지 않았다.

이는 동맹 관계의 근간을 흔드는 일이 될 수도 있는 큰일이었다.

특히나 한국은 현재 미국의 입장에선 영국에 버금갈 정도로 중요한 동맹 중 하나가 되었지 않은가.

하지만 존 바이드 대통령은 너무도 급속히 발전을 하는 한국에 위협을 느낀 나머지, 이 중요한 정보를 한국에 알리지 않는 실수를 저지르고 말았다.

만약 한국과 북한이 치열하게 치고받는 전쟁이 발발을 했더라면, 상황이 더 나았을지도 몰랐다.

전쟁을 치르느라 정신이 없을 때, 주한미군을 투입해 전쟁을 도움으로써 예전 미국이 누리던 지위를 회복할 수도 있었을 테니까.

그렇게 됐다면 뒤늦게 이런 사실을 알게 되었더라도 예전처럼 한국 정부는 자신들에게 그 어떤 항의도 하지 못했을 게 분명했다.

자신들이 아니면 국가를 유지할 수도 없을 테니 말이다.

하지만 결과는 자신들의 예상을 훨씬 뛰어넘었다.

한국은 이번 전쟁에서 아무런 피해를 입지 않았다.

북한의 무력 도발에도 한국군은 준비한 MD체계를 가지고 피해 없이 막아 낸 것은 물론이고, 특수부대를 북한 지역에 침투시켜 북한군을 무력화시켰다.

아니, 북한군뿐만 아니라 북한의 수도인 평양까지 탈환을 하여 북한의 지도자인 김종은의 신병까지 확보를 하였고, 결국 항복까지 받아 냈다.

이런 점들을 보면 한국 정부는 사전에 중국과 북한의 암수를 알고 있던 것으로 파악이 되었다.

그래서 만약 한국 정부가 자신들에게 꼬투리를 잡는다면 미국은 할 말이 있을 수가 없었다.

그래서 회의에서 앞으로 한국 정부가 어떤 말을 하건, 자신들은 알지 못한 것으로 하기로 결론을 내리고 휴식을 취하러 간 것이었다.

그런데 그 사이, 한국 정부는 엄청난 뉴스를 세계에 터트렸다.

북한의 김종은을 데려다 청와대에서 항복 선언을 하게 만든 것이었다.

이는 세계 최강이라 자부하는 자신들도 할 수 있을까라는 의문이 들 정도로 엄청난 일이 아닐 수 없었다.

그러다 보니 모든 사람들의 시선이 일을 복잡하게 만든 존 바이드 대통령에게로 향할 수밖에 없었다.

"뭐, 뭐야?"

회의실에 있는 NSC 위원들이 하나같이 자신을 쳐다보는 것에 존 바이드 대통령이 당황해하며 소리쳤다.

"존! 어떻게 할 것인가?"

존 바이드 대통령의 정치적 동반자이자, 오랜 친구인 제레미 라이스 부통령이 굳은 표정으로 물었다.

그런 제레미 라이스 부통령의 질문에 존 바이드 대통령은 순간 할 말을 잃었다.

언제나 자신의 편이었고, 아무리 힘든 시기에도 함께 헤쳐 온 동지가 자신을 보며 최후통첩을 하는 것과 같은 표정으로 물어 오니 그로서는 당황하지 않을 수가 없었다.

"음⋯⋯."

믿고 있던 동지에게 배신을 당한 것과 같은 상황이 되자, 존 바이드 대통령은 아무런 말도 하지 못하고 낮은 신음만 흘렸다.

*　　　*　　　*

[마스터, 청와대에서 김종은이 항복 선언을 하겠답니다.]

이른 새벽, 슬레인의 목소리가 잠을 자고 있던 수호를 깨웠다.

늦은 시각까지 기다렸다가 김국진으로부터 무사히 김종은의 가족들을 구출했다는 연락을 받고 잠이 들었는데, 잠든 지 불과 두 시간도 채 되지 않아 수호는 슬레인의 목소리에 일어날 수밖에 없었다.

"그거야 어차피 약속된 것인데 호들갑은……."

자리에서 일어나며 수호는 약속된 것이라며 가볍게 슬레인의 말을 일축하고는 샤워실로 향했다.

잠을 잔 지 불과 두 시간에 불과했지만, 수호는 전혀 피로감을 느끼지 않았다.

사실 초인의 경지에 들어선 지도 벌써 몇 해가 지났기에, 수호는 굳이 일반적인 사람들처럼 여섯 시간 이상 잠을 잘 필요는 없었지만, 그래도 생명체이기에 잠을 아예 자지 않을 수는 없었다.

하지만 두 시간 정도면 숙면을 취한 것이나 다름이 없었기에, 피로감을 일절 느끼지 않았다.

스윽! 스윽!

일어난 김에 샤워를 마치고 나온 수호는 젖은 머리를 수건으로 말리며 물었다.

"그럼 중국 정부와 미국은 어떻게 하고 있지?"

중국 정부가 북한을 사주해 휴전선에서 무력 도발을 할 것을 짐작하고 이미 세워 둔 고토 회복 작전을 준비하였다.

1차 목표는 분단된 남북의 통일이었고, 현재 그 계획은 거의 90% 이상 달성되었다.

이제부터는 2단계로, 북한 지역에 들어온 중국 인민 해방군을 상대로 전쟁을 하는 것이었다.

다만, 무턱대고 중국과 전쟁을 해선 결코 대한민국에 유리할 것이 없었다.

물론 그동안 준비한 것이 있기에 중국에 지지는 않겠지만, 그래 봐야 중국이나 대한민국이나 남는 것이 없는 일이었다.

중국의 경우에는 평소 소국이라 부르던 대한민국 하나 제압하지 못한 것 때문에 지도부가 흔들릴 것이고, 또 국제사회의 지탄으로 인해 경제 또한 흔들려 사회가 붕괴가 될 것이었다.

그리고 그건 대한민국 또한 비슷한 결과를 마주할 것임에 분명했다.

그도 그럴 것이, 현재 대한민국이 가지고 있는 전력 만으로는 경제 대국은 물론이고 군사 대국으로 성장한 중국을 상대로 완벽하게 승리할 것이라는 장담을 할 수 없었다.

아니, 현재 가지고 있는 무기는 압도를 하고 있지만, 보유한 포탄이나 탄약의 한계 때문에 전쟁 지속력 측면에서 중국에 밀렸다.

만약 1, 2년 더 시간이 지난 다음 이런 일이 일어났더라면, 아무리 세계 2위의 군사력을 가진 중국이라 해도 충분히 1대1로 상대가 가능했을 것이다.

하지만 시간이 부족해 아직 포탄과 미사일 등을 비축하지 못했기에 어쩔 수가 없었다.

대신 이럴 때를 대비해 수호는 대만과 인도 그리고 티벳과 위구르 독립군에게 무기와 장비들을 지원했다.

사실 지금 중국이 한국과 전쟁을 벌이는 것은, 중국을 둘러싼 모든 나라와 전쟁을 벌이겠다는 것이나 다름이 없는 상황이었다.

티벳과 신강 위구르 자치구에서는 독립군들이 연일 중국으로부터 독립하기 위해 항전을 하고 있었다.

뿐만 아니라 인도와는 국경분쟁으로 평안할 날이 없었다.

이 때문에 혹시나 있을 민심의 동요를 막기 위해 중국 정부는 연일 타이완 상공에 무력시위를 했던 것인데, 요즘 들어와선 그것도 시원치가 않았다.

그도 그럴 것이, 대만은 한국에 사거리 300㎞의 장거리 포탄과 155㎜ 자주포로 업그레이드를 한 것은 물론이고, 낙후되어 있던 공군 전력을 업그레이드하였다.

미국으로부터 최신형 F—16V 전투기를 80대 구입한 것은 물론이거니와, 한국으로부터는 4.5세대 전투기인

KFA—01을 라이선스 계약을 통해 생산을 하여 벌써 120대 중 40대나 생산을 완료한 상태였다.

3D 프린팅 기술과 모듈화 설계를 통해 KFA—01의 생산력은 기존의 전투기 제작보다 30% 정도 우수해 이러한 결과를 만들어 낼 수 있었다.

그러다 보니 기존 중국의 방공식별구역으로 침입을 하여 대만 공군의 전투기 가동률을 낮추는 것은 의미가 없어져 버렸다.

중국 공군은 그동안 한정된 공군력을 보유한 대만 공군의 전투기와 공군 조종사들의 피로도를 높이기 위해 수시로 대만영공을 침입했다.

이는 전투를 벌이지 않으면서도 효과적으로 대만의 공군력을 소모하는 결과를 자아냈다.

하지만 중국과 미국이 대립을 하면서 미국이 다시 대만에 첨단 무기 판매 승인을 하여 상황이 바뀌었고, 결정적으로 한국의 KFA—01을 현지 라이선스 생산을 하면서 확실하게 그들의 행동을 무용지물로 만들었다.

더욱이 전투기도 전투기지만, 대만 의회가 믿는 것은 바로 300㎞나 되는 어마어마한 사거리를 가진 포탄이었다.

이 또한 한국 정부의 승인을 받고 대만 현지에서 생산을 하다 보니, 대만은 이 엄청난 괴물 포탄을 8만 발이나 저장해 두고 있었다.

이는 현재 대만 육군이 보유한 모든 155㎜ 포를 총동원해도 한 달 이상 소비해야 할 수량이었다.

대만의 준비는 이것뿐만이 아니었다.

그들은 미국으로부터 최신형 이지스 구축함까지 구매를 하였다.

원래는 중국 정부의 눈치를 보느라 미국 의회에서 그동안 대만에 첨단 무기의 판매 승인을 하지 않았는데, 이번에는 비록 F—16V 다운그레이드 된 버전이기는 하지만, 일본의 아타고급에 비견되는 이지스 구축함의 판매를 승인한 것이었다.

그뿐만 아니라 미국은 중국의 태평양 진출을 막기 위해 대만에 특수부대를 파견하여 군사 교리를 교육시키기도 하였다.

이렇듯 티벳, 위구르는 물론이고, 인도와 대만도 중국의 남쪽에서 호시탐탐 중국을 약화시키기 위해 기회를 노리고 있는 중이었다.

이전에는 중국이 대만을 흡수하기 위해 위협을 했다면, 이제는 자신들의 무력에 자신감을 가진 대만인들이 역으로 중국의 남부를 노리고 있었다.

이는 섬처럼 고립된 곳에 있다면 언젠가는 중국에 흡수될 수도 있다는 대만인들의 위기의식에서 나온 반응이었고, 수호의 입장에선 잘만 활용하면 오래 전 중국에 잃어버린 고토를 찾는데 중요한 터닝 포인트가 될 수도 있다는 판단 하에 적극적으로 대만의 무력 증강을 도와주었다.

필리핀도 마찬가지 이유 때문에 국채를 사 주고 무기도 적절한 가격에 구매를 대행해 주기도 하였다.

그리고 잘 알려지진 않았지만, 수호는 중국의 북쪽에 있는 몽골에도 아무도 모르게 지원을 하고 있었다.

땅은 넓고 인구가 적은 몽골의 형편에 맞게 수호는 몽골 정부에 기계화 보병사단을 제안했고, 인도에 판매한 I21—105와 같은 장갑차 기반의 경전차와 K30 비호의 발전형인 비호복합 II를 조합한 부대 구성을 보여주었다.

몽골 평원에서 K—21—105 경전차와 30㎜ 기관포와 위상배열레이더, 그리고 신궁 II 대공미사일 여덟 기로 무장한 차륜형 장갑차는 중국의 기갑부대를 상대하기에 충분하다 못해 넘쳐흘렀다.

비록 어느 한 국가만으로는 중국이란 깡패 국가를 상대할 수는 없지만, 몇 나라만 연합을 한다면 충분히 상대가 가능할 정도로 이 나라들의 군사력은 알게 모르게 일취월장하고 있었다.

그러니 대한민국은 이런 노력을 그냥 흘려보내기 보

단 잘 활용하여 국가의 미래를 위해 힘써야 할 것이었다.

[중국 정부는 현재 안가에서 사라진 김연정과 김종은의 가족들로 인해 그곳에 있던 지휘관들을 숙청하고, 새로운 77집단군 사령관을 한반도 점령군 지휘관으로 임명했습니다.]

새벽에 일어난 사건 때문에 중국 정부는 난리가 났다.

그들이 있어야 중조 수호조약을 빌미로 중국 인민 해방군을 한반도에 주둔하는 것에 명분을 갖는 것이었는데, 그들이 사라짐으로 인해 명분이 사라져 버렸다.

뿐만 아니라 조금 뒤면 한국군에 신병이 확보된 김종은이 최종적으로 항복 선언을 할 예정이었다.

이미 어제 저녁 한 차례 무장해제를 하라는 선언을 했던 터라 이번 김종은의 항복 선언은 사실상 한반도 통일을 선언한 것이나 다름이 없었다.

그러니 중국 정부는 어떻게 해서든 태평양으로 나갈 길목을 찾아야 하는 입장이었기에 북한을 이렇게 잃어 버릴 수는 없었다.

물론 그렇게 되면 중국은 아시아 최강이란 대한민국의 제7기동군단을 국경에서 맞대야 했기 때문에 이 또한 부담이 되었다.

그러니 어떻게 해서든 한반도가 통일을 하지 못하게,

되도록이면 한반도 북부 지역이라도 자신들이 차지해야만 했다.

하지만 상황은 그들의 편이 절대 아니었다.

북한의 지도자인 김종은은 진즉 남한에 신병이 억류가 된 상태고, 안가에서 구원 요청을 한 김연정과 김종은의 가족들도 이제는 그들의 품에서 사라졌다.

한마디로 중국 정부는 이제 명분이 사라진 것이었다.

하지만 그럼에도 불구하고 중국은 한반도에 들어온 북부전구의 인민 해방군을 회군을 시키지 않았다.

어차피 외교는 힘이 있어야 자신의 주장을 펼칠 수 있는 거 아니겠는가.

그런데 중국 정부는 아직도 대한민국이 오래전 자신들에게 고개를 숙이던 소국으로 판단을 하고 있었다.

그랬기에 주한 중국 대사는 청와대의 부름에도 이를 무시하고 고개를 빳빳이 들고 있으며, UN 주재 대표부도 한국 대표의 말을 무시하고 있었다.

"중국 정부의 움직임이야 이미 예상한 것이고… 미국은 어떻게 할 것 같아?"

이미 예상한 바라는 듯 중국 정부의 움직임을 일축한 수호는 미국 정부의 움직임에 대해 물었다.

요 근래 미국은 한반도와 관련된 정보를 숨긴다거나, 동북아 정책에 대한 기조가 한국을 배제하는 쪽으로 돌아서고 있었다.

그 예로 한국 해군에 납품하기로 한 이지스 레이더를 제대로 된 이유도 없이 납기를 지연하고 있는 것은 물론이고, KF—21이 자국의 항공 기술을 탈취했다는 말도 되지 않는 억지를 부리고 있었다.

이런 이유 때문에 수호는 슬레인과 함께 미국이 가진 기술력을 뛰어넘는 기술을 개발하기 위해 노력 중이었다.

또 필요하다면 미국의 대척점인 러시아와 협력할 의향도 있었다.

러시아의 입장에선 한국이 자신들과 손을 잡는다면 열렬히 환영할 게 분명했으니까.

예전 2차 세계 대전이 끝나고 동서를 가르는 냉전의 한 주역이었던 그들은, 한국처럼 과거의 영광을 되찾기 위해서라면 물불을 가리지 않을 것이었다.

한국의 입장을 잘 알고 이해할 정도로 그들은 미국 독주를 막기 위해서 그리고 과거 영광을 되찾기 위해서는 충분히 양보할 것은 양보할 게 분명했고, 러시아와 손을 잡는 것에 수호도 결코 주저하지 않을 생각이었다.

다만, 아직까지 한국 내 위정자 중에서는 미국이 아니면 안 된다는 사대사상을 가지고 있는 이들이 많아 겉으로 드러나게 일을 진행할 수는 없었다.

물론 그렇다고 수호가 미국을 아주 나쁘게 생각하는 것은 아니었다.

어느 곳이든 좋은 쪽이 있으면 나쁜 쪽도 있기 마련이었으니까.

그것은 한국 내도 마찬가지고, 한국과 지금 대립각을 세우고 있는 중국이나, 일본 내에서도 마찬가지였다.

수호는 이런 이들을 한국이 나아가는 길에 발판이 될 수 있도록 적절히 이용할 뿐이었다.

[미국 백악관은 현재 이번 북한의 문제로 어제부터 NSC를 구성해 회의를 하고 있는 중입니다.]

"어제?"

[물론 이곳 한국의 시각으로 말씀드린 것입니다.]

시차 때문에 미국은 아직까지 날짜가 넘어가지 않은 상태였다.

그러니 슬레인이 말한 것은 어디까지나 날짜를 기준으로 한 이야기였다.

"거기 분위기는 어때? 우리의 생각대로인가?"

수호는 미국의 백악관이 북한의 무력 도발 때문에 NSC를 구성했다는 말에 두 눈을 반짝이며 분위기를 물었다.

[처음 분위기는 존 바이드 대통령이 이끄는 대로 흐르는 듯했지만, 봉

황과 대붕에 의해 북한군의 포격 도발이 막히고, 또 한국군의 반격으로 북한의 김종은이 북한군에게 저항을 하지 말라는 지시를 내린 뒤로 분위기가 싹 바뀌었습니다.]

슬레인은 미국 백악관에 모여 한반도에서 발생한 북한의 무력 도발 뉴스에 촉각을 세우고 있던 미 행정부의 일거수일투족을 모두 알고 있는 것처럼 마스터인 수호에게 상세히 보고를 하였다.

"그 정도는 예상한 거잖아?"

이야기를 모두 들은 수호는 그들이 세워 둔 몇 가지 상황 등을 떠올리며 모두 예상대로라고 이야기를 하였다.

실제로 수호와 슬레인은 중국의 외교부장인 왕웨이가 미국의 추적을 따돌리며 잠수함을 타고 북한으로 들어갔을 때부터 모든 것을 예상하고 계획을 세웠다.

물론 현장에 있는 것이 아니었기에 정확하게 어떤 일이 벌어질지 몰라서 몇 가지 가설들을 세워 가며 그에 맞는 작전을 짰다.

그리고 그 과정에서 미국 정부가 어떻게 할지도 사전에 예상을 하고 이 또한 계획에 포함을 시켰다.

아니나 다를까, 미국은 한국 정부에게 최악의 상황을 선택하도록 만들었다.

동맹인 한국에 중국 정부의 칙사가 북한에 은밀하게

들어간 것을 알려 주지도 않고, 또 사건이 임박해 있는 상황에서도 자신들이 습득한 정보를 건네주지도 않았다.

이는 동맹 관계를 크게 훼손하는 일이었음에도 불구하고, 미국은 과거의 기득권을 가지고 있을 때처럼 한국 정부를 자신들의 밑으로 두기 위해, 일본과 같이 자신들의 말이라면 팥으로 메주를 쓴다고 해도 믿게 만들기 위해 아무것도 알려 주지 않았다.

다만, 미국 정부가 실수를 한 것은 한국 정부가 예전의 정부처럼 허접하지 않다는 것이었다.

또한 미국이 가지고 싶어 하는 기술들은 한국 정부의 것이 아니라는 점이었다.

그리고 미국이 욕심내는 신기술을 개발한 개발자는 그들이 상상하는 것 이상으로 똑똑하고, 무서운 사람이란 것을 그들은 알지 못했다.

아니, 애써 외면을 한다고 하는 것이 맞을 것이었다.

이미 그러한 성향은 예전 수호가 은근하게 경고를 한적이 있었다.

하지만 자신이 유리한 것만 기억하는 인간의 본성은 이러한 수호의 경고를 무시하고 잊어버리고 말았다.

[그런데 존 바이드 대통령은 아직도 고집을 꺾지 않고 있는 것으로 판단이 됩니다.]

"존 바이드가? 그 사람이 원래 그런 사람이었나?"

수호는 의외의 말을 들었다는 듯 두 눈을 동그랗게 떴다.

그가 판단하기엔 미국의 존 바이드 대통령은 자신의 고집이 강한 사람이 아니었다.

[이전의 도람프와는 다르게 세상에 드러난 백인우월주의자는 아니지만, 그 또한 인종차별적 성향을 보이던 사람이었습니다.]

"그래?"

거듭된 슬레인의 말에도 수호는 그 말을 쉽게 믿기 힘들었다.

그도 그럴 것이, 미국 내 그의 지지자들 중에는 유색 인종이 상당히 많았기 때문이다.

그런데 존 바이드가 인종차별주의자라니.

자신을 보조하는 슬레인이 굳이 이 상황에서 존 바이드를 그렇게 판단해서 자신에게 유리할 것은 없었기에, 그 말을 믿을 수밖에 없었다.

"그렇다면 그가 많은 사람들을 속이고 있다는 거야?"

[예, 정치란 것이 그런 것 아니겠습니까? 자기 자신까지 속여야 성공을 하는 것이 바로 정치잖습니까.]

"허! 그 정도면 대단하다고 할 수도 있겠군."

자신의 성향마저 속여 지지를 얻어 내는 존 바이드의 얼굴을 떠올린 수호는 고개를 흔들며 진저리를 쳤다.

"그건 됐고, 앞으로 있을 중국과의 전쟁을 대비해 미국의 협조를 얻어야 하니, 그것에 대한 방안을 찾아 알려 줘."

[알겠습니다.]

중국을 상대로 고토 회복 전쟁을 벌이기 위해선 현재 대한민국이 비축하고 있는 전쟁 수행 물자가 부족하다고 판단을 하였다.

그래서 미국이 비축하고 있는 물자 중 일부를 사들일 필요가 있었다.

필요하다면 일본이 가지고 있는 물자라도 상관이 없다고 판단한 수호는 부족한 물자를 사들일 방법을 슬레인에게 모색하라는 지시를 내렸다.

4. 준비 이상 무

대한민국 방위사업청은 제2차 한반도 전쟁이 발발되기 전부터 세계 각국의 방산 업체를 대상으로 무기 도입 사업을 주관했다.

대한민국은 세계에서 다섯 손가락에 들어가는 무기 판매 국가이면서도 그와 동시에 북한과 대립을 하고 있어 많은 무기를 수입하는 국가이기도 하였다.

그렇지만 대한민국이 이상하게도 공대공미사일이나, 공대기 타격 무기의 수입에 열을 올리고 있어서 이상한 표정으로 지켜보고 있던 세계 무기 판매국들은 한반도에 제2차 전쟁이 발발하자, 그제야 대한민국이 무엇 때문에 그렇게 전투기에서 사용할 공대공미사일이나, 공대지 지상 타격 무기들을 사들인 건지 금세 깨달을 수 있었다.

하지만 그들은 대한민국의 주 타깃이 어느 나라인지는 알지 못했다.

그도 그럴 것이, 대한민국의 주적이라 할 수 있는 나라는 북한이었는데, 북한을 상대로 그 정도 무기들을 구입하는 것은 너무 과했기 때문이다.

그렇다고 대한민국이 북한 말고 다른 나라랑 전쟁을 벌인다는 것은 생각조차 하지 못하고 있었다.

그렇게 생각한 이유는 대한민국을 둘러싼 국가들 중 대한민국이 전쟁을 벌일 만한 국가가 전혀 없었기 때문이다.

러시아의 경우 세계 2위의 군사력을 보유하고 있을 뿐만 아니라 현재의 대한민국과도 사이가 너무도 좋았다.

그렇다고 중국을 상대로 전쟁을 준비한다고 판단하기도 쉽지 않은 것이, 중국의 경우 지금의 러시아를 넘어섰고 이제는 미국을 견제하려고 하는 국가였기 때문이다.

세계 각국의 선진 군사기술들을 몰래 빼돌리고 불법 복제를 하여 기술력을 습득한 나라가 바로 중국이란 나라였기에, 이들을 대상으로 하기에는 한국과 중국의 인구나, 경제력, 그리고 군사력의 차이가 심했다.

그럼 남은 것은 세계 최강인 미국과 일본이라는 것인데, 미국이야 두말할 것도 없고, 일본이 조금 걸리긴 하지만 그렇다고 일본과 대한민국이 전쟁을 벌인다는 것 또한 쉽지 않은 결정이었다.

그도 그럴 것이, 일본의 경우 몇 년 전 반도체 원자재 수출 금지로 인해 첨예한 대립을 하는 과정에서 지소미아 협정을 파기하는 등의 심각한 외교적 갈등을 빚기는 했지만, 미국을 가운데로 두고 중국과 북한 그리고 러시아, 3국의 사회주의 국가를 견제하고 있는 상호 방위 조약을 맺고 있었다.

그 말인즉슨, 한국과 일본이 직접적으로 방위조약을 맺은 것은 아니지만, 미국과 맺은 방위조약으로 인해 한국과 일본은 서로 전쟁을 할 수 없는 사이라는 것이다.

그렇다 보니 세계 정보 단체들은 한국의 무기 구입은 북한과의 관계, 그리고 북한과 중국이 맺은 상호방위조약 때문에 만약을 대비한 행위라고 판단을 내릴 수밖에 없었다.

그런 판단을 하자 몇몇 방위 사업체들은 적당한 이윤을 매겨 무기를 판매를 하기도 하고, 또 어느 곳은 이번 기회에 날로 발전하는 한국과 연을 맺어 두는 방향으로 사업을 진행했다.

그런데 그런 기류와는 전혀 다른 사업 방향을 고수하는 나라가 있었으니.

그곳은 바로 대한민국의 맹방인 미국에 적을 두고 있는 방위산업체들이었다.

그들은 대한민국이 무기를 수입하는데 열을 올릴 때, 누구보다 빠르게 상황을 파악하고 이번 기회에 한국에 바가지를 씌울 계획을 세웠다.

이들이 이렇게 행동한 이유는 예전만 못 한 무기 수출 실적 때문이었다.

예전에는 미국이 무기를 판매를 해 주는 것만으로도 감지덕지하며 자신들이 얼마를 부르든 한국은 그 가격에 무기를 수입해 갈 수밖에 없었다.

하지만 언젠가부터 한국은 자주국방을 부르짖으며 자신들이 사용할 무기들을 스스로 자체 개발하기 시작했다.

처음에는 그런 한국을 비웃으며 무기 판매 가격을 더욱 높였다.

다른 나라에는 적절한 금액을 제시했으면서도 유독 한국에는 바가지를 씌우면서 이들은 고자세를 유지하였지만, 자신들의 잘못은 생각지 않고 한국의 사정을 이용해 고가 판매 정책을 고수해 이 지경에 이른 것이었다.

그 과정에서 미국 정부는 도청과 감청, 그리고 스파이를 이용해 정보를 탈취하여 자국의 방위산업체에 이를 알려 주어 더욱 한국을 힘들게 하였다.

그런데 이번에도 그들은 그때와 비슷한 행동을 펼치고 있었다.

*　　　　*　　　　*

"아니, 이건 약속과 다르지 않습니까?"

이상문은 두 눈을 휘둥그렇게 뜨며 소리쳤다.

그도 그럴 것이, 계약서에 쓰인 어처구니없는 가격표를 보았기 때문이다.

기존에 60만 달러인 AIM—9X 사이드 와인더 단거리 공대공미사일의 가격이 무려 90만 달러로 적혀 있는 것은 물론이고, 중거리 공대공미사일인 AIM—120 암람의 가격이 130만 달러로 적혀 있었기 때문이다.

이는 기존 가격에 비해 30% 이상 높은 금액으로 대한민국이 절대 받아들일 수 없는 가격이었다.

막말로 그 가격이면 유럽제 미티어 미사일을 수입하는 것이 더 나을 정도였다.

솔직히 암람이나, 미티어 미사일의 경우 어느 것이 더 좋다고 판단할 수 없을 정도로 비등비등한 성능을 가지고 있는 공대공미사일이었다.

서방세계의 중거리 공대공미사일을 대표하는 미사일들이었지만, 한국의 입장에선 웬만하면 동맹인 미국제 중거리 미사일인 암람을 선호하였다.

하지만 이 정도 가격이면 차라리 미티어 미사일을 구입하는 것이 더 나아 보였다.

그럼에도 불구하고, 이상문이 쉽게 자리를 박차고 나올 수가 없는 것은, 현재 대한민국은 전투기에서 발사할 수 있는 공대공미사일이 무척이나 필요했다.

이는 전적으로 군에서 수립한 고토 회복 프로젝트 때문이었다.

물론 그에 대한 대비를 해 놓지 않은 것은 아니었다.

하지만 대한민국 공군이 보유한 공대공미사일 전력의 비축분은 한 달 정도가 한계였다.

그것도 정상 가동 상태에서의 비축분이고, 만약 예상보다 전투가 늘어나게 된다면 미사일의 소모는 그보다 훨씬 빨라질 것이었다.

그래서 예비 물자를 구하기 위해 방위사업청에서는 각국을 돌며 공대공미사일은 물론이고, 소비 물자의 확보에 비상이 걸렸다.

이러한 정보를 어떻게 알았는지 레이시온의 판매 담당자는 무려 30%가 넘는 가격을 붙여 제시를 한 것이었다.

"현재 미 공군의 요구 때문에 재고가 많이 부족한 상태입니다. 만약 시간이 조금 더 지나면……."

레이시온의 판매 담당자는 뻔뻔하게도 전혀 말이 되지 않는 미 공군의 수요를 들먹이면서 기존 가격의 30%가 넘는 금액을 더 요구하고 있었다.

"허허, 저희가 알아본 바로는 현재 미 공군에서는 AIM—9X나 AIM—120을 더 이상 구매하지 않는 것으로 알고 있는데……."

무기를 구매하기 전에 방위사업청에서도 정보를 듣고 이곳으로 온 것이었다.

미 공군은 구형인 AIM—9X나, AIM—120을 구매하지 않고, 최신형 AIM—132 아스람과 AIM—9X 사이드 와인더와 같은 계열이긴 하지만 더 발전된 블록3를 기본 무장으로 선정을 하였다.

즉, 아스람이나, AIM—9X Ⅲ를 구매하고 있기에 구형인 사이드 와인더나, 암람은 재고로 쌓여 있다는 소리였다.

그런데 레이시온의 판매 담당자는 그런 말도 되지 않는 변명으로 일관하고 있었다.

"지금 담당자가 하시는 말씀에 일고의 거짓이 없다고 자신하십니까?"

이상문은 굳은 표정으로 그렇게 되물었다.

'그걸 이자들이 어떻게 안 것이지?'

창고에 쌓인 재고를 비싼 가격에 털어 버릴 수 있다는 생각에 말도 되지 않는 가격을 불렀는데, 이미 모든 것을 알고 있는 것처럼 말을 하는 이상문으로 인해 존 화이트는 속으로 깜짝 놀랐다.

한국인들이 똑똑하기는 하지만 정보 취급 능력은 떨어지는 것으로 알고 있었다.

그런데 자신들도 일급비밀로 관리하고 있는 미 공군의 현황 정보를 알고 있다니.

이런 점들을 보면 자신들이 예상하지 못한 정보 취득 라인이 있다는 것을 알 수 있었다.

"물론 당신의 말도 맞기는 하지만, 아직 현역에서는 기존 AIM—9X 사이드 와인더나, AIM—120 암람도 사용하고 있는 것 또한 맞습니다."

존 화이트는 순간 당황하기는 했지만, 진실과 거짓을 섞어 상황을 모면했다.

한편 미 공군의 상항을 잘 알고 있으면서도 방금 전 레이시온의 판매 담당인 존 화이트의 말도 틀리지 않은 말이었기에, 이상문은 더 이상 이에 대한 언급을 하지 않았다.

"그렇기는 하지만, 조금 전 당신이 제시한 가격은 너무도 터무니없는 것이기에 우리는 그 가격을 받아들일 수 없습니다."

이미 구형이 되어 버린 미사일을 최신형 미사일 가격으로 구매를 하는 것은 한국의 입장에선 손해가 이만저만이 아니었기 때문에 절대 받아들일 수 없는 거래였다.

물론 성능이 검증이 되었다는 장점이 있기는 하지만, 굳이 웃돈을 주고 구매할 필요는 없었으니까.

"그렇게 말씀하신다면 저희도 더 이상 권하지는 않겠습니다."

무슨 이유에선지 레이시온사에서는 구형이 되어 버린 사이드 와인더 미사일과 암람 미사일의 판매에 미온적인 포즈를 고수하고 있었다.

하지만 이는 전적으로 백악관 아니, 존 바이드 대통령의 지시 때문이었다.

그는 CIA를 통해 동북아시아의 정세가 어수선한 것은 물론이고, 한반도를 둘러싼 중국과 일본이 한국의 발전에 대해 질투를 하고 있다는 것을 알게 되었다.

특히나 중국의 질투는 상식을 벗어나 있었다.

자신들이 가지지 못한 것을 질투하는 중국 정부의 행

태는 CIA의 판단을 요할 정도로 과도했다.

이 때문에 CIA는 많은 인력을 투입해 중국 정부의 행동을 주시하는 과정에서 중국의 외교부장이 비밀리에 북한으로 들어간 것을 포착했다.

그 뒤로 CIA가 판단하기에 한반도에 무언가 변화가 일어나리라고 예상하였고, 변화란 것은 북한의 로켓과 미사일 도발이 아닐까 하는 판단을 내놓았다.

하지만 일부 정보 분석관들은 또 다른 판단을 내놓았는데, 그것은 바로 제2의 한반도 전쟁에 대한 것이었다.

예전에는 북한의 미사일 도발이 큰 문제였다면, 현재에는 그러한 북한의 미사일 도발을 한국이 그냥 두고 보지 않을 것이란 전망이었다.

일부 CIA 정보 분석관들이 이런 판단을 한 근거는 바로 최근 한국의 급격한 국방력 상승에 기이한 것이었다.

상식을 벗어난 초장거리 자주포의 개발은 물론이고, 기존 155㎜ 자주포탄도 강화하여 300㎞까지 사거리를 연장하였다.

물론 그렇다고 육군의 전력만 업그레이드를 한 것이 아니었다.

한국은 4.5세대 최신형 전투기를 두 종이나 개발을

하는 데에 성공했다.

하나는 아직 완벽하게 실전 배치를 하지는 못했지만, 다른 한 종은 외국에 600여 대나 판매가 되었다.

그중에는 5세대 스텔스 전투기로 개발이 되어 UAE에 판매가 되기도 했는데, 현재 중동의 국가들은 물론이고 미국이나 러시아의 눈치를 보는 제3세계 국가에서도 많은 관심을 보이고 있는 중이었다.

그리고 이는 한국 방산 업계의 판매 실적 상승으로 이루어졌다.

그러나 한국 방산 업계의 판매 상승은 미국 방산 업계의 수익이 줄어든다는 말과도 동일했다.

예전에는 미국의 방산 업계가 무기를 판매하는 가격에 이의를 표하지 않던 나라들도 한국 방산 업계에서 개발한 무기를 구매함으로 인해 미국산 무기들을 사지 않아 판매가 줄어들고 있는 실정이었다.

특히 UAE와 같은 중동의 부국들이 저렴하면서도 성능이 뛰어난 한국산 무기들의 수입을 늘리면서, 미국의 방위산업은 위기를 맞았다.

이러던 차에 중국의 사주를 받은 북한이 무언가 일을 벌이려고 하고 있으며, 한국 또한 그런 북한의 도발을 향상된 국방력으로 인해 그냥 두고 보지 않을 것이란 CIA 정보 분석관들의 판단은 백악관 아니, 미국 우선주의를 표방하는 존 바이드 대통령의 기조와 맞물려 이러한 일을 꾸민 것이었다.

그리고 이런 일은 이미 미국이 기존에 많이 사용하던 방법이었다.

상대국의 정보를 CIA가 취득하면, 백악관에서 적당히 해당 산업에 흘려주어 비싼 가격으로 무기들을 판매해 이득을 취했다.

물론 정보를 받은 기업은 나중에 적당한 정치자금으로 풀어 보답을 하기도 했다.

그리고 이번에도 이와 같은 방법을 이용해 돈을 벌려는 것이었다.

드르륵!

"알겠습니다. 당신들이 그렇다면 저희는 이번 구매 협상을 중단하도록 하죠."

이상문은 상황이 여의치 않더라도 굳이 30%나 웃돈을 주고 무기를 구매할 생각은 없었다.

이미 정부는 많은 예산을 고토 회복 프로젝트에 예산을 투입한 상태.

그 때문에 일개 기업에 국채를 판매하기도 한 상황이었다.

그러니 허투루 돈을 사용할 수는 없었다.

한편, 협상을 하던 한국의 방위사업청 무기 구매 담

당이 이렇게 쉽게 협상을 포기하는 모습에 존 화이트는 순간 당황할 수밖에 없었다.

분명 한국의 입장에선 값이 어떻든 무기를 구매할 것이라고 들었기 때문이다.

이는 자신들의 판단이 아닌, 정보를 전달한 CIA의 판단이고, 회사 내부 정보부에서도 비슷한 판단을 했기에 판매 가격을 30%나 높여 부른 것이었다.

그런데 자신들의 예상과 다르게 구매를 이렇게 빨리 포기하다니.

'정보분석팀에서는 분명 이 정도 가격이면 고민을 하기는 하겠지만, 한반도의 상황을 생각해 보면 구매를 하기는 할 것이라 했는데…….'

현재 레이시온의 창고에는 구형이 된 AIM—9X 사이드 와인더와 AIM—120 암람의 재고가 각각 1,000발 정도 쌓여 있는 상태였다.

예전 같았으면 미 공군의 사용 수량만으로 부족한 실정이지만, 이제는 그렇지 않았다.

미 공군에서는 더 이상 구형이 되어 버린 사이드 와인더와 암람이 필요하지 않았기 때문이다.

그도 그럴 것이, 위험한 실전을 치르는 미 공군의 입장에선 자신의 생존과 직결된 무기를 선택함에 있어 더 좋은 최신형 AIM—9X Ⅲ와 AIM—132 아스람이 있는데, 굳이 위험하게 사이드 와인더와 암람을 선택할 이유가 없었다.

물론 로비를 통해 미 공군에 강매를 할 수는 있었지만, 그렇게 된다면 기업의 이미지도 실추가 될 뿐만 아니라 제 가격에 판매를 할 수 없게 될 게 분명했다.

그래서 판매 담당인 존 화이트의 입장에선 고가에 마이너스가 될 일이라 참으로 난감한 상황이었다.

'제길, 이런 것 하나 제대로 분석하지 못하고…….'

순간 존 화이트는 정보 분석을 제대로 하지 못한 정보부에 화가 났다.

"자, 잠시만…….'

존 화이트는 자리에서 일어나는 다급히 이상문을 불러 세웠다.

"무슨 일이죠?"

이상문은 뒤를 돌아 레이시온의 판매 담당인 존 화이트를 보며 물었다.

"어느 정도면 구매를 하시겠습니까?"

더 이상 물러날 곳이 없다는 판단에 존 화이트가 직설적으로 물었다.

이미 상대도 어느 정도 자신들의 상황을 알고 있다고 판단한 존 화이트였기에 숨길 게 없다는 판단으로 얼마에 미사일을 구매할 것인지 물었다.

"저희는 기존 가격이면 만족합니다."

이상문은 처음 레이시온에 제안을 한 것처럼 기존 레이시온이 각국에 미사일을 판매하던 가격에 이상도, 이하도 아닌 가격을 언급했다.

'60만 달러와 90만 달러라…….'

존 화이트는 이상문이 언급한 미사일 가격에 대해 고민을 하기 시작했다.

'시간이 있다면 충분히 남은 재고를 판매할 수 있겠지만, 그동안 지불될 관리비를 생각하면 이것도 나쁘지 않아.'

백악관으로부터 정보를 받았기에 상부에서는 보다 높은 가격에 판매를 하고 싶어 하지만, 이미 상대가 모든 패를 다 알고 있는 상황이라 자칫 잘못하면 일이 무산될 수도 있는 상황이었다.

그렇게 한참을 장고한 끝에 판단하기로는 상대가 너무도 완고하니 관리비를 줄이는 것도 나쁘지 않다고 판단을 내렸다.

"알겠습니다. 대신에 기존 AIM—9X 150발, 그리고 AIM—120의 수량을 100발로 늘리는 것은 어떻게 생각하십니까?"

존 화이트는 비록 미사일 판매 가격을 높이는 것에는 실패를 했지만, 대신 판매량을 늘리는 것을 목표로 하였다.

한편 미사일 구매 수량을 늘려 달라는 레이시온 측의 제안에 이상문은 눈을 반짝였다.

어차피 전투기에서 사용할 미사일은 많으면 많을수록 좋았다.

한국에서 출발하기 전, 이미 미사일 구매 예산과 정보를 들고 이곳으로 온 것이었다.

그래서 미국이 자신들에게 미사일을 판매할 때 웃돈을 부를 것을 예상하고 있었다.

다만, 그 범위가 자신들이 상정한 범위를 한참을 넘어섰기에 이상문이 협상을 거부하고 자리에서 일어난 것뿐이었다.

그런데 그런 강수가 통했는지 레이시온에서 한발 양보를 하여 기존 판매 가격으로 판매를 하는 대신 수량을 늘려 달라는 제안을 했다.

"좋습니다. 그럼 AIM—9X의 경우, 기존 150발에서 250발을 구매하는 것으로 하고, 또 AIM—120의 경우 100발에서 160발로 늘리면 어떻겠습니까?"

기존 가격으로 판매를 한다면 자신이 받은 예산 안에서 사이드 와인더 단거리 미사일은 100발이 늘어난 수량을, 그리고 암람의 경우에는 60발 더 늘어난 수량을 구매할 수 있었다.

'AIM—9X 사이드 와인더 250발이면 1.5억 달러, AIM—120 암람 160발은 1.44억 달러…….'

존 화이트의 머릿속은 빠르게 금액을 계산하고 있었다.

2.94억 달러, 그러니까 거의 3억 달러 가까이 되는 계약이었다.

"그리고 한 가지 조건을 걸고 싶군요."

자신의 제안을 받은 존 화이트의 표정이 밝아지는 것을 본 이상문은 또 다른 제안을 하였다.

"무슨 제안이지요?"

조건을 건다는 이상문의 말에 존 화이트는 의아한 표정이 되었다.

"계약 조항에 옵션을 걸고 싶어서 그렇습니다."

"옵션이요?"

"예. 제가 집행할 수 있는 예산이 정해진 상태라 이 정도 계약을 하였지만, 상부에 보고를 하면 무기 구매 수량이 늘어날 수 있으니……."

"아! 그렇다면 저희야 좋습니다."

"다만, 계약이 완료가 되고 계약금이 들어가면 물건은 바로 받아 볼 수 있습니까?"

"물론이죠!"

옵션 계약으로 더 많은 미사일을 팔 수도 있다는 소

리에 존 화이트는 얼른 그 말을 받으며 긍정을 뜻을 표했다.

처음 협상을 가질 때만 해도 서로의 입장이 대립을 하여 엇갈리기만 하던 것이 한쪽이 양보를 하자 극적으로 진척이 되기 시작했다.

*　　　　*　　　　*

미국 레이시온사와의 공대공미사일 구매 계약은 다행히 북한의 무력 도발이 있기 며칠 전에 체결이 되었고, 또 계약금이 집행이 되자 바로 물건을 받을 수 있었다.

뿐만 아니라 대한민국 정부는 방위사업청의 상무인 이상문이 기지를 발휘하여 체결한 옵션 조항까지 사용해 필요한 단거리 및 중거리 공대공미사일을 확보하였다.

"다들 잘하고 있군."

수호는 방위사업청에서 맡은 군수 지원 부문이 자신의 예상보다 더 순조롭게 진행이 되는 것에 감탄을 하였다.

특히나 미국의 방위산업체들과의 계약은 정말이지 정신을 바짝 차리지 않으면 눈 뜨고 코 베이는 경험을 할 수 있었다.

아니, 예전 대한민국은 정말로 미국이나, 외국의 방위 산업체들에게는 봉이나 다름없었다.

무기 구매 담당자 몇 명만 로비를 통해 잘만 구워삶으면 모든 것이 일사천리였으니까.

자신들이 얼마를 부르든 무기 구매 담당자들은 상관이 없었다.

그저 자신의 주머니에 얼마가 들어가느냐가 중요할 뿐.

그들에게 자국의 안보는 뒷전이었다.

예를 들어 철책에 근무하는 장병들의 생명을 보장하는 장비인 방탄복이 있었다.

그런데 그들은 북한군이 사용하는 AK에 쉽게 뚫리는 불량품을 정품인 것마냥 눈감으며 납품을 받고, 또 어느 군 사령관은 군사기밀을 자식의 취직과 맞바꾸어 버리는 사건이 있을 지경이었다.

하지만 이제는 더 이상 아니었다.

이미 그런 비리를 저지르는 장성이나, 장교들은 수호와 슬레인에 의해 군복을 벗어야 했으며, 군납 비리를 저지른 기업의 경우, 비위 사실을 군 검찰에 알려 박살을 내버렸다.

그 뒤로도 수호는 자신의 역량을 총동원하여 비위와 관련된 존재들을 발본색원하여 청산을 하였다.

그 결과가 지금의 대한민국이었다.

그리고 지금의 대한민국은 단 하루 만에 몇 십년간 대치를 한 북한을 점령하여 항복을 받아 내는데 성공했다.

거기에 더해 이제는 북한 지역에 들어온 중국 인민해방군을 상대로 2단계 작전에 들어갔다.

북한을 평화적으로 흡수통일을 했다면 그보다 좋을 수는 없을 일이겠지만, 그럴 일은 애초에 불가능했다.

이는 북한을 수십 년 동안 집권한 김 씨 일가가 존재했기 때문에 어쩔 수가 없는 일이었다.

그렇기에 수호는 조금은 폭력적이지만, 대한민국이 먼저 무력을 사용하는 것이 아닌, 언젠가는 북한이 또다시 무력 도발을 할 것을 상정해 작전을 짰고, 이를 기점으로 한반도 통일은 물론이고 잃어버린 민족의 땅까지 되찾는 작업에 들어가려고 했다.

하지만 대한민국은 부족한 것이 너무도 많았다.

지금까지 많은 준비를 하긴 했지만, 앞으로 상대할 적은 겨우 북한 따위가 아니었다.

경제 규모만 따지면 세계 1위라 해도 될 만큼, 중국은 그 규모나 잠재력이 한반도와는 비교가 되지 않을 정도로 거대한 곳이었다.

그뿐만 아니라 군사력 또한 세계 2위이던 러시아를

울트라 코리아

제치고, 세계 1위 초강대국 미국을 위협할 정도로 규모 면에서는 이미 미국을 따라잡았다.

다만, 그 질에서 미국을 아직 따라가지 못했을 뿐.

그런 중국을 상대해야 했기에 이전 북한군을 상대할 때와는 달라져야만 했다.

철저한 준비만이 한민족의 잃어버린 땅을 되찾을 수 있었으니까.

[예상한 것보다 상황이 무척이나 좋습니다.]

슬레인은 그동안 주인인 수호와 계획했던 대한민국의 고토 회복 프로젝트의 성공 가능성을 긍정적으로 판단을 하며 이야기를 꺼냈다.

"물론 예상보다 잘해 줘서 준비가 80%를 넘긴 것은 맞지만, 앞으로 상대해야 할 적은 북한이 아닌 중국이야."

수호는 긍정적인 평가를 하는 슬레인을 보면서도 긴장을 늦추지 않았다.

[물론 앞으로 대한민국 국군이 상대해야 할 적이 중국의 인민 해방군인 것은 잘 알고 있습니다. 하지만……]

슬레인은 주인인 수호가 무엇 때문에 이런 말을 하고 있는지 너무도 잘 알고 있었다.

하지만 그가 준비된 값을 근거로 워 게임을 시뮬레이션 해 본 결과, 압도적인 차이로 대한민국 국군이 중국 인민 해방군을 밀어내는 데에 성공했다.

그리고 앞서 계획한 고토, 동북 3성은 물론이고 산동성과 발해만 일대의 땅을 모두 회복한다는 결과가 나왔다.

가장 안 좋게 나온 결과가 중국이 보유한 핵무기를 모두 가동했던, 단 한 번뿐이었다.

단 한 번의 워 게임이었지만, 그 결과는 가히 참혹, 그 자체였다.

중국은 300~600개 사이의 핵무기를 보유한 것으로 알려져 있었다.

하지만 그것은 사실이 아니었다.

중국이 보유한 핵무기의 숫자는 무려 1,200기에 달했다.

이 중 절반인 600여 개가 ICBM을 비롯한 전략핵미사일이고, 남은 절반이 전술핵폭탄이었다.

물론 슬레인이 중국과의 전쟁을 염두에 두고 워 게임을 시뮬레이션을 했을 때, 그 한 번만 중국이 핵무기를 사용한 것은 아니었다.

중국은 여러 차례 상황이 힘들어졌을 때마다 한반도를 향해 핵무기를 사용했다.

그렇지만 전술핵을 비롯한 전략핵미사일을 순차적으로 사용했을 때는 어렵긴 하지만, 대한민국이 한반도에

갖춰 놓은 MD체계로 인해 충분히 막아 낼 수 있었다.

그런데 단 한 번, 이를 막아 내지 못한 그 한 번이 한반도를 쑥대밭으로 만들어 버렸다.

중국은 1,000여 발의 전략, 전술 핵미사일을 한반도에 발사를 하는 무리수를 두었는데, 그것이 한반도 상공에 떠 있는 우주군의 공중 순양함과 공중 프리깃함으로 구성된 MD체계를 뚫고 한반도 상공에서 핵폭발을 일으키고 말았다.

아무리 잘 갖춰진 MD체계라고는 하지만, 현재 대한민국이 보유한 공중 순양함과 공중 프리깃함의 숫자가 너무도 적었다.

사실 이는 수호의 실수이고, 슬레인의 자만과 합쳐져 빚어진 결과였다.

설마 1,000여 발의 핵미사일이 이 좁은 한반도에 한꺼번에 떨어질까 하는 안일한 생각으로 인해서.

시뮬레이션은 그런 상황에선 대한민국이 갖춘 MD체계로는 이를 막아 낼 수 없다는 결과를 적나라하게 보여 주었다.

그렇기에 현재 상황이 예상보다 좋다고는 하지만, 수호의 표정이 펴지지 않는 이유이기도 했다.

그런 시뮬레이션 결과 때문에 수호는 UAE에 양해를 구하고 UAE에 납품되어야 할 공중 프리깃함의 인도를 미루고 현장에 투입하였다.

그렇지만 공중 순양함이 아닌, 공중 프리깃함 한 척만으로는 나온 결과를 뒤집긴 불가능했다.

탄도미사일 방어는 대류권에서 운용하는 공중 프리깃함보단 성층권에 걸쳐 있는 공중 순양함이 적격이었기 때문이다.

탄도미사일이 아닌, 순항미사일 정도라면 공중 프리깃함으로도 충분할 테지만, 그보다 높은 고고도에서 뿌려지는 탄도미사일의 경우 발사 초기 단계가 아니라면 사실상 무용한 것이나 마찬가지였다.

'이럴 줄 알았으면 대봉급보단 봉황급을 우선해서 생산할 것을……'

이는 수호도 그리고 인공지능인 슬레인도 예상하지 못한 결과였기에 뒤늦게 후회를 해 봤자 어쩔 수 없는 일이었다.

그와 슬레인이 설계한 MD체계는 고고도를 담당하는 봉황급 공중순양함 한 척에 중고도를 담당하는 대봉급 공중 프리깃함 두세 척이었다.

이는 처음 설계한 1:1 규모로는 대한민국의 예산으로는 감당하기 힘들기 때문이었고, 또 당시에는 북한군이 유일한 위협 요소였기에 1:2 혹은 1:3으로 MD체계를 구상한 것이었다.

실제로 북한군을 상대할 때는 수호의 선택이 틀리지 않았다는 것을 증명했다.

북한군이 보유한 ICBM이나, 핵폭탄의 수량이 그리 많지 않았으니까.

하지만 그런 안일한 생각 때문에 기회가 왔음에도 불구하고 단 하나의 시뮬레이션 결과 때문에 이렇게 전전긍긍하는 것이었다.

그만큼 핵무기는 대한민국에 큰 위협이었다.

다만, 그런 결과가 정말로 발생을 하게 된다면, 대한민국도 그대로 당하고만 있지는 않을 것이었다.

그래서 김종은이 아무도 모르게 건설할 비밀 탄도미사일 기지를 확보한 것이 아니겠는가.

이런 비밀 기지의 존재를 군이나 정부가 알게 된다면, 아마도 모르긴 몰라도 미국에 이 정보가 바로 흘러들어갔을 게 분명했다.

수호는 그러한 사태를 막기 위해 정부도 군도 모르게 자신이 운용할 수 있는 무력을 사용해 소수의 인원으로 작전을 펼쳐 그것을 확보하였다.

만약 계획된 일이 모두 완벽하게 계획대로 이루어진다면, 나중에라도 정부에는 알릴 생각이었다.

이는 아무리 자신이 좋은 의도를 가지고 있다고 해도 개인이 핵무기를 가지고 있다는 사실은 자칫 오해의 소지를 남길 수 있었기 때문이다.

자신은 그런 의도가 전혀 없고, 또 설사 그런 생각을 가지고 있다고 해도 굳이 핵무기를 가지고 있을 필요가 없는 수호였다.

핵폭탄보다 더 강력한 무기를 만들려고 한다면 언제든지 새롭게 개발할 수 있었으며, 현재도 핵무기를 대체할 수 있는 것은 도처에 널려 있었다.

하지만 그런 수호의 생각을 다른 사람들은 믿어 주지 않을 공산이 컸다.

이는 다른 것을 떠나, 한 사람이 너무도 잘나면 사람들은 그를 질투하는 것이 본성이었으니까.

영웅을 원하면서도 또 영웅의 파멸에도 열광을 하는 것이 바로 인간이었다.

지금도 대한민국이 잘나가는 것에 질투를 하고 있는 상황이 벌어지고 있지 않은가.

＊　　　＊　　　＊

쾅!

존 바이드 대통령은 거칠게 테이블을 주먹으로 내리쳤다.

그가 이렇게 화가 난 것은 바로 자신이 정보를 주었

음에도 불구하고 미국의 대표적 방산기업인 레이시온에서 한국에 헐값으로 무기를 판매했기 때문이다.

시중에 거래대고 있는 가격에 미사일을 판매를 하긴 했지만, 존 바이드 대통령이 생각하기에 그 가격은 터무니없이 싼 가격이었다.

물론 그것은 존 바이드만의 생각이었다.

물건이란 수요와 공급에 의해 가격이 결정이 된다.

그것은 무기 또한 마찬가지였다.

한국이 북한과 전쟁을 하려고 하는 조짐이 보였기에 존 바이드는 자신의 라인을 이용해 미국의 방위산업체들에게 전쟁 특수를 올리라는 차원에서 정보를 흘린 것이었다.

유럽의 코소보 분쟁이 그랬고, 중동의 걸프전과 아프가니스탄 전쟁이 그러했다.

말로는 유럽의 평화와 안정, 세계의 화약고가 폭발하지 않게 대량 살상 무기를 보유한 이라크의 독재자 축출과 민간인을 향한 테러를 벌인 알카에다의 수장을 숨겨 주고 두둔하는 아프가니스탄 정권을 처벌하겠다는 명분으로 벌어진 모든 전쟁들이, 사실은 미국의 군수산업을 활성화시키는 방법이었다.

물론 미국이 내건 슬로건처럼 그런 목적이 아주 없던 것은 아니었지만, 그것만이 전부라 할 수는 없었다.

그것은 결과가 그렇게 보여 주었기 때문이다.

코소보 내전 때, 미국은 F117이라는 최첨단의 스텔스 전투기를 선보였고, 독재자를 몰아내겠다는 걸프전 때에는 토마호크 순항미사일과 M—1A1 에이브럼스 전차와 UH—64 아파치 공격 헬기와 B—2 스텔스 폭격기 등의 신무기들을 쏟아 냈다.

다른 나라는 감히 상상도 못 한 무기들을 말이다.

그 모든 것이 무기를 필요로 하는 국가들에게 미국산 무기를 팔기 위한 판촉 행사라 할 수 있는 무기 경연장이 아닐 수 없었다.

그럼에도 불구하고 미국은 언제나 그렇듯 자신들을 영웅이라 생각했고, 세계의 경찰이라 자부했다.

그런데 아이러니한 것은, 세계의 경찰이란 미군에 의해 사망한 민간인이 테러로 인해 사망한 사람의 수보다 많다는 사실이다.

그런데 미군은 아직도 정의의 편이고, 미국과 대치를 하는 나라는 모두 악이라는 것이었다.

지금도 미국의 대통령인 존 바이드는 동맹인 한국에서 전쟁이 발발을 했는데, 도움을 주기보단 동맹에 비싼 값에 무기를 팔지 않았다고 역정을 내고 있었다.

"존, 이제 그만 하지. 어차피 지난 일이고, 레이시온사에서도 그 미사일들은 애물단지에 불과했어."

보다 못한 라이스 부통령이 화를 내고 있는 존 바이드 대통령을 말려 보았다.

"자네, 요즘 이상하게 한국의 문제에 대해서만 부정적인 모습을 보이고 있어."

제레미 라이스 부통령은 급기야 최근 들어 존 바이드 대통령이 한국 문제에 관해서만 신경질적인 모습을 보이는 것을 꼬집으며 직언했다.

"……?"

느닷없이 팩트로 자신을 막아선 친구의 말에 존 바이드 대통령은 순간 말문이 막혔다.

"이야기를 들어 보니 레이시온도 할 만큼 했어."

"하지만……."

"잠시 내 말을 좀 더 들어 보게."

제레미 라이스 부통령은 자신의 말을 막아서려던 존 바이드 대통령을 제지하며 계속 말을 이어 갔다.

"한국은 예전의 그들이 아니야. 생각해 보게."

제레미 라이스는 마치 어린아이를 달래듯 나직하고 부드러운 어조로 존 바이드 대통령에게 이야기하였다.

그런 제레미 라이스 부통령의 말에 존 바이드 대통령은 깊은 생각에 잠겼다.

그리고 멍청하지 않은 존 바이드 대통령은 금방 자신의 친우인 제레미 라이스 부통령이 하는 말을 이해할 수 있었다.

'맞아, 그들은 예전의 그들이 아니야!'

미국의 말 하나에 일희일비하던 한국은 더 이상 존재하지 않았다.

또한 많은 부분에서 한국은 미국에 없어선 안 될 동맹이 되었다.

예전에는 자신들이 불면 꺼질세라 애지중지하며 보듬어 줘야 할 존재들이었다면, 이젠 전장에서 자신의 뒤를 맡겨도 될 정도로 강성해진 동맹국이었다.

"미안하네……."

존 바이드 대통령은 그동안 자신이 미몽에 싸여 있었음을 시인하며 사과를 했다.

자신들이 가지지 못한 것을 너무도 쉽게 개발하고, 사신들에게 역으로 제안을 하는 한국의 모습에서 왠지 모를 위화감을 느껴 그리 행동한 것이었다.

하지만 미몽에서 깨고 보니 자신이 너무도 쓸데없는 곳에 심력을 낭비했다는 것을 깨달았다.

"괜찮네. 자네가 정신을 차리고 위대한 미국의 대통령으로 돌아왔으니 말이야."

제레미 라이스 부통령은 흔쾌히 존 바이드 대통령의 사과를 받아들였다.

"그나저나 자네는 앞으로 어떻게 될 것 같은가?"

여러 방면에서 들어오는 정보들을 취합하면서 한국이 무엇을 준비하고 있는지 깨달은 이들은, 앞으로 한국이 어떻게 나아갈 것인지 궁금해졌다.

5. 진정한 애국자

세계에서 가장 높은 건물 아니, 인공 구조물 중 가장 높은 게 무엇이냐고 물어보면, 세상 모든 사람들이 하나같이 두바이에 있는 부르즈 할리파라고 할 것이다.

원래 부르즈 할리파의 이름은 이것이 아닌, 부르즈 두바이었지만, 두바이가 모라토리엄을 맞아 UAE의 제1 왕가인 아부다비의 지원을 받게 되면서, 당시 아부다비의 국왕이자 UAE의 연방 대통령인 할리파 빈 자예드 알나얀의 이름을 따 부르즈 할리파로 명칭이 바뀌어 불리게 되었다.

인간이 건설한 건축물 중 가장 높았기에 두바이는 물

론이고, UAE의 자부심이기도 한 이곳 부르즈 할리파의 39층의 한 객실에 일단의 사람들이 모여 긴장된 표정으로 누군가를 초조하게 기다리고 있었다.

그런데 이들의 모습은 이곳 중동의 아랍인들과는 다른 검은 머리의 동북 아시아인들이었다.

"최 장관님, 그들이 제안을 받아들일까요?"

최종문 외교차관은 굳은 표정으로 국방부 장관인 최대환을 보며 물었다.

이들이 이곳 두바이를 찾은 것은 다름 아닌 UAE 공군의 도움을 받기 위해 UAE의 국방 장관인 만세르 왕자를 찾아온 것이었다.

사실 두 사람은 이런 생각을 전혀 하지 못했다.

그저 고토 회복 프로젝트를 진행함에 있어서 전적으로 대한민국 국군의 힘만으로 이룰 것만 계산을 하였는데, 생각보다 중국과 북한의 도발이 이른 시기에 발생을 하면서 한반도 통일과 고토 회복 프로젝트가 완벽한 준비를 하기도 전에 진행이 되어 버렸다.

그나마 다행인 것은, 한반도 통일은 금방 이루었지만, 아직 완벽하게 한반도 전체를 수복한 것은 아니라는 것이었다.

아니, 이는 일부러 중국 인민 해방군을 북한의 북쪽 지역에 받아들임으로써 중국이 대한민국이 구상한 고토 회복 프로젝트에서 벗어나지 못하게 덫을 놓은 것이었다.

여기까지는 수호와 슬레인, 그리고 국군의 합동참모부에서 구상한 고토 회복 프로젝트 초기에 벌어질 일들이었다.

즉, 계획의 일환이란 소리였다.

그렇지만 아까도 이야기했듯 시기가 일러도 너무 일렀다.

대한민국이 완벽하게 준비를 갖추기 전에 중국의 사주를 받은 북한이 도발을 하는 바람에 그 관성으로 인해 프로젝트가 진행이 되어 버렸다.

그러다 보니 대한민국 정부는 바빠졌다.

혈맹이라고까지 불리던 미국은 미온적인 자세를 유지하고 있고, 중국 정부의 경우에는 이번 기회에 북한의 일부 지역이라도 합병을 하려고 북부전구의 전력의 3분지 1이나 쏟아붓고 있는 중이었다.

그 때문에 대한민국은 동원할 수 있는 모든 수단을 동원해 전투력 향상에 노력을 기울이던 차에 수호의 제안으로 인해 이곳 UAE를 찾은 것이었다.

UAE는 한 차례 도움을 주기도 했는데, UAE가 받기로 되어 있던 공중 프리깃함 한 척을 한반도 통일 작전에 투입해 보다 안정적으로 작전을 펼칠 수 있었다.

물론 그것이 없더라도 북한 정도야 충분히 수복이 가능했지만, 전에도 언급을 했듯 어느 나라가 다른 나라의 전쟁에 아무런 대가 없이 자신들이 받아야 할 무기를 공여하겠는가.

자칫 전쟁 중에 파괴가 될 수도 있는데 말이다.

물론 파괴가 된다고 해도 전쟁이 끝나면 새롭게 생산을 하여 납품을 한다고는 하지만, 그건 어디까지나 차후의 문제였다.

더욱이 UAE도 아라비아반도 남부에 위치한 예맨 후티반군 때문에 위협을 받고 있는 상태에서 많은 고민을 하고 한국의 편의를 봐준 것이었다.

그런데 여기에 더해 또 다른 제안을 하려고 하고 있었다.

그것이 무엇인가 하면, 중국과의 전쟁에 UAE 공군 파일럿을 용병으로 투입을 하려는 제안이었다.

어떻게 보면 이는 남의 전쟁에 자국의 최고 엘리트 군인을 보내는 일이라 손해로 보이지만, 또 다른 시각으로 보면 UAE에 나쁘지만도 않았다.

실전을 겪은 군인과 그렇지 않고 안전한 곳에서 훈련만 한 군인은 그 차이가 하늘과 땅 만큼이나 갭이 있었으니까.

그렇기에 한국은 UAE의 전투기 조종사들을 용병으로

받아들여 부족한 공군 전투기 조종사의 수를 확보하는 한편, UAE의 경우 실전을 경험한 전투기 조종사를 가지게 되는 것이었다.

일반적인 전투가 아니기도 했고, 공군 조종사의 실전 경험은 그 한 번, 한 번이 큰 양분이 되어 조종사의 기량을 향상시켰다.

그런 측면에서 UAE에게도 무척이나 값진 경험이 될 것이었다.

그도 그럴 것이, UAE는 호르무즈 해협을 두고 강대한 적인 이란을 마주하는 중이었다.

그런데 이란의 공군 전투기 조종사들의 경우, 무척이나 많은 실전 경험을 가지고 있었다.

이라크와의 전쟁 경험 그리고 이스라엘과의 전투 등, 그들을 상대로 좋은 성과를 거두기도 했다.

물론 일방적으로 두들겨 맞은 경험도 있기는 하지만, 어찌 되었든 이란의 전투기 조종사들은 상당히 많은 실전 경험을 가지고 있다는 것이 중요했다.

수호는 이러한 점을 들먹이며 UAE에 제안을 하라고 조언을 하였다.

국방부 장관인 최대환이 생각하기에도 부족한 전투기 조종사들을 확보하는데 경험이 부족하다고는 하지만, 한 명이 아쉬운 상태에서 UAE의 전투기 조종사라도 몇

명 와 준다면 이보다 도움이 될 것이 없다는 생각을 하여 이곳까지 온 것이었다.

"그건 모르겠지만, 우리 입장에선 일단 질러 보는 거 아니겠습니까? 저들도 생각이 있다면… 받아들일 수도 있지 않겠습니까?"

질문을 받은 최대환 국방 장관은 잠시 뜸을 들이다 그렇게 대답을 하였다.

사실 질문을 한 최종문 외교차관도 듣기에 따라 그럴 듯하니 제안을 해 보는 것이 나쁘지 않다고 생각은 하고 있었다.

다만, 이를 받아들인다고 해도 UAE가 그냥 무상으로 도움을 주지는 않을 것이란 점이 걱정되는 것이었다.

하지만 전투기 조종사를 빌려주는 데에 UAE에 어떤 대가를 줘야 할지 걱정을 하는 최종문과 다르게, 이번 협상단의 대표인 최대환 국방부 장관의 표정은 어느 때보다 편안했다.

대한민국의 현재 사정은 천길만길의 낭떠러지에 걸친 외줄을 타고 있는 형상이나 다름이 없었지만, 그는 전혀 걱정을 하지 않았다.

그동안 국군이 준비한 전투 준비 태세를 누구보다 잘 알고 있기에 그 어느 때보다 대한민국은 완벽했다.

시간이 좀 더 있었다면 좋겠지만, 지금도 충분하다고

생각하는 최대환이었다.

그런데 UAE로 출발 전, SH 그룹의 회장인 수호에게서 최대환은 생각지도 못한 이야기를 들었다.

그것은 UAE가 만약 대한민국의 제안을 받아들인다면, 그 보답으로 UAE가 사 간 KFA—01U의 무장을 업그레이드시켜 주겠다는 것이었다.

그것도 UAE가 SH항공에서 사 간 200대의 전투기전부를 말이다.

전투기란 것은 현대 무기 체계에서 결코 싼 무기가아니었다.

비록 수호가 KFA—01을 무척이나 저렴한 가격에 판매를 하기는 했지만, 그렇다고 적은 금액은 아니었다.

그런데 전투기 업그레이드의 경우, 이는 전투기 가격과는 별개로 제조사가 부르는 게 값이었다.

이 때문에 세계 모든 전투기 제조사들은 무기를 판매하는 것도 판매를 하는 것이지만, 실질적으로 돈을 버는 것은 바로 이 전투기 업그레이드와 유지 보수 비용에서였다.

그런데 SH 그룹은 아니, 정수호 회장은 이를 무상으로 해 주겠다고 천언한 것이었다.

만약 이 조건을 UAE에 제안한다면 그들은 분명 대한민국의 제안을 받아들일 게 분명했다.

조종사 몇 명을 보내 줘서 실전 경험도 쌓게 하고 무상으로 전투기를 업그레이드까지 받을 수 있는데, 조금 위험하다고 해서 망설일 이유가 전혀 없었기 때문이다.

전투기 업그레이드 비용만 해도 최소 몇 십억 달러를 아낄 수 있는 것이었으니까 말이다.

똑똑똑!

덜컹!

"두바이의 만세르 왕자님께서 도착하셨습니다."

밖에 대기를 하고 있던 사무관이 들어와 UAE의 국방 장관이자, 이곳 두바이의 왕자인 만세르의 도착을 알려 왔다.

만세르 왕자의 도착을 알린 사무관은 얼른 문 앞에서 비켜섰다.

저벅! 저벅!

발자국 소리가 들리고 방 안으로 기다리고 있던 만세르 왕자가 들어왔다.

"어서 오십시오."

최대환 국방 장관은 방 안으로 들어온 만세르 두바이 왕자 아니, UAE의 국방 장관을 맞이하며 인사를 건넸다.

"바쁘신 와중에 이 먼 곳까지 찾아오시다니, 반갑습니다."

방 안으로 들어온 만세르 왕자는 자신을 환영하는 최대환 국방 장관을 보며 미소를 지으며 인사를 하였다.

"그런데 어쩐 일로 절 보시자고……."

짧은 덕담이 오고가고 본격적인 협상에 들어가자, 만세르 왕자는 궁금증을 참지 못하고 직설적으로 물었다.

그런 만세르 왕자의 질문에 최대환 국방 장관은 진지한 표정으로 답을 하였다.

"왕자님께서 그렇게 직접적으로 물어보시니 대답을 해야지요."

잠시 생각을 정리한 최대환 국방 장관은 출발 전 수호와 나눈 대화를 떠올리며 만세르 왕자도 만족할 만한 제안을 하였다.

"UAE의 주적은 바로 후르무즈 해협을 두고 마주고 있는 이란이 아닙니까?"

"……?"

만세르 왕자는 최대환이 국방 장관의 말에 눈을 동그랗게 뜨며 궁금증을 표했다.

그러거나 말거나, 최대환은 자신의 할 말을 이어 갔다.

"이란 전투기 조종사들에 비해 UAE의 전투기 조종사들은 실전 경험이 전무하다는 사실을 왕자님도 잘 아시리라 생각합니다."

"음……."

전투기 조종사들이 적에 비해 실전 경험이 부족하다는 최대환 국방 장관의 말에 순간 만세르 왕자는 자신도 모르게 침음을 흘렸다.

그도 그럴 것이, 그 말이 사실이었기 때문이다.

솔직히 만세르는 자신이 국방 장관을 맡고 있기는 하지만, 자국의 군대에 대한 불만이 너무도 많았다.

UAE의 한 해 국방비는 대한민국의 절반 수준으로 250억 달러를 소모한다.

대한민국의 절반 정도의 국방 예산을 사용하니 군사력 또한 그 절반에 이르면 얼마나 좋겠는가.

하지만 현실은 그렇지 못했다.

자신들만큼도 국방 예산을 쓰지 않고 있는 이란은 날로 세계 군사력 순위를 높이며 이제는 세계 14위의 군사력을 보유한 강국으로 자리를 매겼다.

그런데 자신들은 어떤가.

물론 인구 대비 군사력이 높다고는 하지만, 세계 군사력 순위에서 40위권에도 미치지 못하는 것이 현실이었다.

그 말인즉슨, 많은 국방비를 지출한 덕분에 무기와 장비는 최신식이지만, 그것을 운용하는 군인들의 수준이 그에 미치지 못하여 군사력 순위가 낮은 것이었다.

만세르 왕자는 이를 못마땅하게 생각하고 있었다.

그나마 최근 대한민국의 스카이넷 시스템이란 MD체계를 받아들이면서 군사력 순위가 많이 올라간 것은 사실이지만, 그래도 기분이 나쁜 것은 나쁜 것이었다.

"그래서 하고 싶은 말이 뭔가요?"

기분이 나쁘다 보니 나오는 말도 그리 좋지 못했다.

하지만 이를 들은 최대환 국방 장관은 만세르 왕자의 표정이 구겨질수록 여유가 생겼다.

그가 마음이 불편해진다는 것은, 자신이 앞으로 할 제안을 받아들일 공산이 커진다는 것과 마찬가지였기 때문이다.

"UAE에 제안을 하겠습니다."

"그게 뭐요?"

"왕자님도 아시겠지만, 저희 대한민국은 중국과의 전쟁을 앞두고 있습니다."

"흠!"

예상은 하고 있었지만, 당사자가 이렇게 직접적으로 전쟁을 언급할 줄은 예상치 못하고 있었다.

"중국이 세계 군사력 순위 3위란 것은 알고 계시지요?"

세계 군사력 순위를 언급하고 있음에도 최대환 국방 장관의 표정은 너무도 여유가 넘쳤다.

'저 여유는 어디에서 나오는 것이지?'

평안한 표정의 최대환 국방 장관의 얼굴을 본 만세르 왕자는 그가 어떤 연유 때문에 저런 편안한 표정을 짓고 있는지 이해할 수가 없었다.

그래서 그 이유가 궁금해졌다.

그리고 그 의문은 생각보다 금방 해결이 되었다.

"왕자님도 아실지 모르겠지만, 저희 대한민국은 오래 전부터 잃어버린 옛 땅을 찾기 위해 준비를 하고 있었습니다. 북한 지역의 통일은 그 첫걸음입니다."

"허!"

만세르는 깜짝 놀라지 않을 수가 없었다.

한국이 이번 한반도에서 벌어진 전쟁뿐만 아니라, 중국과의 전쟁도 준비하고 있었다는 사실에 놀람을 넘어 경악을 금치 못했다.

"다만, 저희의 예상보다 중국과 북한의 움직임이 빨라 이른 시기에 상황이 발생했지만, 뭐, 그것도 나쁘지 않습니다. 다만……."

최대환 국방 장관은 객관적으로 상황을 설명을 하였고, 현재 대한민국이 부족한 것이 무엇인지 단도직입적으로 이야기를 하였다.

그러면서 UAE에 전투기 조종사들을 파견해 달라는 이야기를 꺼냈다.

"UAE의 공군 전투기 조종사 중 스무 명을 파견해 주시길 원합니다."

전투기 조종사 스무 명이면 한 개 비행대를 꾸릴 수 있는 인원이었다.

"아니, 전투기 조종사가 무슨 물건도 아니고……."

전투기 조종사를 파견해 달라는 최대환 국방 장관의 말에 만세르 왕자는 기가 막혔다.

"물론 아무런 조건도 없이 파견해 달라는 것은 아닙니다."

최대환 국방 장관이 이제 아주 중요한 순간이란 생각을 하였다.

비록 지금 자신의 앞에서 만세르 왕자가 흥분을 하며 거친 반응을 보이고 있기는 하지만, 그것이 전투기 조종사를 파견하지 않겠다는 반응은 아니었기 때문이다.

그리고 조건 없이 달라는 것이 아니란 말을 하기 무섭게 입을 다무는 것만 봐도 알 수 있었다.

"파견되는 UAE의 조종사들은 최전방이 아닌, 보다 안전한 2선에서만 작전을 할 것입니다. 그리고 공중 순양함과 공중 프리깃함의 지원을 받으며 작전을 진행할 것이니, 그들의 안전에 너무 걱정을 하지 않으셔도 됩니다. 그럼 이제 저희가 UAE에 할 수 있는 보답을 들어 보시겠습니까?"

은근한 말로 만세르 왕자를 주시하며 이야기를 하였다.

그런 최대환 국방 장관의 제안이 통했는지, 만세르 왕자의 표정이 변하며 자세를 바로 했다.

"우리가 전투기 조종사들을 파견한다면 당신들은 우리에게 어떤 보답을 하겠다는 것입니까?"

한국이 제공할 대가를 들어 보고 판단을 하겠다는 듯 이야기를 하는 마세르 왕자였다.

그리고 그런 만세르 왕자의 반응에 이들이 자신들이 들이민 미끼를 물었다는 판단을 한 최대환 국방 장관은 출발 전 공항에서 만난 수호가 한 조건을 조금 각색해 이야기해 주었다.

"전투기 조종사 스무 명을 파견해 주신다면, UAE가 구매한 KFA—01U 40기에 대한 성능 업그레이드를 무상으로 해 드리겠습니다."

분명 수호는 출발 전에 모든 수량을 무상 업그레이드해 준다고 말을 했다.

하지만 지금 최대환 국방 장관은 수량을 정해 파견되는 전투기 조종사의 수에 비례해 무상 업그레이드를 해 주겠다고 한 것이었다.

그러나 원래 조건을 알지 못하는 만세르 왕자는 두 눈이 커졌다.

자신이 들은 말이 너무도 예상 밖의 것이었기 때문이다.

SH항공에서 구매한 KFA—01U는 UAE 공군 내에서도 호평이 자자한 전투기였다.

크기는 미들급의 F—16V보다 한 등급 떨어지는 로우급이었지만, 그 성능만큼은 그에 버금가는 어느 부분에선 F—16을 능가하는 전투기였다.

또한 파생 기체인 KFA—01aU의 경우 스텔스 전투기인 F—35에 버금가는 성능으로, 그동안 5세대 스텔스 전투기를 보유하지 못한 UAE의 공군력을 한층 끌어올렸다는 평가를 받고 있었다.

그런데 KFA—01U의 성능을 더욱 업그레이드를 했다는 말에 놀라지 않을 수 없었으며, 이를 무상으로 해 주겠다는 말에 경악을 금치 못했다.

"그게 정말입니까?"

"무엇이 말입니까?"

최대환 국방 장관은 느닷없는 만세르 왕자의 질문에 고개를 갸웃거리며 물었다.

"KFA—01의 성능 업그레이드가 벌써 가능해졌는지 말입니다."

만세르 왕자의 질문은 그랬다.

이제 개발이 된 지 3년 정도가 지난 최신형 전투기의

업그레이드가 가능한 것인지 말이다.

보통 전투기는 개발이 된 지 최소 5년은 지나야 업그레이드가 시작이 됐다.

그도 그럴 것이, 그래야 기존 전투기 개발에 들어간 개발비를 회수할 수 있기 때문이었다.

개발비 회수는 물론이고, 어느 정도 이윤을 취한 뒤에나 업그레이드가 진행이 되는 것이 현실이었다.

거기다가 업그레이드란 것도 바로 진행이 되는 것이 아닌, 최신 기술을 접목하기 위해 연구 개발하는 시간이 필요하다 보니 몇 단계에 걸쳐 진행이 되었다.

그리고 업그레이드가 단계별로 진행이 될 때마다 전투기 개발사는 또다시 천문학적인 돈을 벌어들였다.

그런데 지금 개발된 지 3년 정도 밖에 지나지 않은 최신 전투기를 벌써 업그레이드할 수 있는 기술을 보유하고 있다는 말을 들으니, 아무리 만세르 왕자라 할지라도 놀라지 않을 수가 없었다.

"사실입니다. 이는 SH의 정수호 회장에게서 직접 전해들은 이야깁니다."

사실 최대환 국방 장관도 만세를 왕자처럼 처음 이 말을 들었을 때는 믿기 힘들었다.

하지만 당사자가 업그레이드 기술을 가지고 있고 또 할 수 있다고 자신을 하니 믿지 않을 수가 없었다.

"그 조건이라면 좋습니다."

최대환 국방 장관의 이야기를 모두 들은 만세르 왕자는 한참을 생각하다 긍정적인 대답을 하였다.

지금도 충분히 만족하고 있기는 하지만, UAE 공군의 실전 경험도 심어 주고 전투기도 업그레이드를 해 주겠다는 대한민국의 조건을 거절할 이유가 없었다.

그리고 이야기를 자세히 살펴보면 좀 더 많은 숫자의 전투기 조종사를 파견한다면, 더 많은 전투기를 업그레이드 해 줄 수도 있다는 것 같았다.

"그런데 더 많은 조종사를 파견한다면 더 많은 수량을 업그레이드 해 줄 수 있는 겁니까?"

전투기 조종사가 엘리트라는 것은 두말할 것도 없었다.

전투기 조종사를 양성하는데, 1인당 몇 백만 달러가 들어가니 말이다.

하지만 최신형 전투기를 업그레이드 하는 것에는 그보다 많은 돈이 들어갔다.

최소 1천만 달러 이상 들어가며 어떤 경우에는 최신형 전투기 가격의 1/2에 이르는 금액이 책정될 수도 있었다.

그런데 이를 무상으로 해 주는 것은 물론이고, 스무 명을 파견하면 40대의 전투기를 무상 업그레이드 해 준다고 하니 거절할 이유가 없었다.

간단히 생각해 봐도 1:2 비율이지 않은가.

그렇다면 40명을 파견한다면, 그보다 많은 세 개 비행단이라면 어떨까.

마음 같아서는 UAE에 있는 모든 전투기 조종사들을 파견 보내고 싶은 것이 만세르 왕자의 현재 기분이었다.

하지만 현실적으로 그럴 수는 없었다.

이란이 갑자기 UAE를 상대로 전쟁을 벌이진 않겠지만, 자국 상공을 지킬 병력은 있어야 했기에.

하지만 만세르는 최대한 많은 전투기 조종사를 한국에 파견을 보내기로 마음을 먹었다.

전투기 무상 업그레이드도 업그레이드이지만, 최대한 국방 장관의 말대로 전투기 조종사들의 실전 경험은 무엇보다 중요한 요소였다.

더욱이 2선에서 안전하게 실전을 경험할 수 있고, 또 자신도 경험한 공중 순양함과 공중 프리깃함이 이들을 지켜 준다면, 이는 사실상 땅 짚고 헤엄치는 격이나 마찬가지였다.

*　　*　　*

정동영 대통령은 UAE와 전투기 조종사 파견 협상을 마치고 돌아온 최대환 국방 장관의 보고에 황당한 표정이 되었다.

그도 그럴 것이, 정동영 대통령이나, 군 사령부가 예상하기로는 UAE가 전투기 조종사를 파견을 한다고 해도 그리 많은 숫자의 조종사를 파견하진 않을 것이라 짐작했기 때문이다.

자국의 전쟁도 아니고 타국의 전쟁에 자국의 엘리트들을 파견하는 것은 쉬운 결정이 아니었다.

특히나 다른 병종도 아니고 전투기 조종사였다.

양성하는 비용도 비용이고, 육성하는 시간 또한 오래 걸렸기에 세계 어느 나라도 자국의 전투기 조종사를 타국의 전쟁에 파견하는 일은 좀처럼 없었다.

더욱이 자국에 그리 큰 이득이 있는 것도 아니었으니 말이다.

"이 모든 것은 SH 그룹의 정수호 회장의 도움이 컸습니다."

최대환 국방 장관은 이번 협상의 공을 SH 그룹의 정수호 회장에게 돌렸다.

"그게 무슨 말씀입니까?"

느닷없이 일개 기업인의 이름이 거론이 되자, 대통령은 진실을 물어보지 않을 수가 없었다.

그러자 최대환 대통령은 자신이 UAE로 떠나기 전 공항에서 개인적으로 만나 수호와 나눈 이야기를 간략하게 들려주었다.

모든 전말을 알게 된 정동영 대통령은 깜짝 놀라지 않을 수가 없었다.

UAE로부터 전투기 조종사를 받기 위해 기업인이 이득을 포기했다는 이야기를 들었으니 당연한 것이었다.

그것도 1~200억 원의 이득도 아니고, 최소 몇 조는 될 것 같은 이득을 포기한 것이었다.

최신 전투기 200대에 대한 성능 업그레이드는 몇 조 원에 이르는 이득이 왔다 갔다 하는 사업이었다.

그럼에도 불구하고, 수호가 이런 이득을 포기하고 조국의 안녕을 위해 해외 파견을 나가는 국방 장관에게 아무런 조건 없이 이런 이야기를 했다는 것에 놀라웠고 또 미안했다.

정동영은 수십 년을 정치권에서 지금의 위치에 이르기까지 수많은 사람들을 겪어 왔고 보아 왔다.

그중에는 그가 보기에도 애국자라 생각하는 이들도 있고, 나라에 전혀 도움이 되지 않는 해충이라 느낀 이도 있었다.

물론 많은 이들이 후자에 속하는 이들이었다.

입으로만 애국을 떠들지만, 막상 자신의 이득과 국가

의 이득이 상충할 때면 자신의 작은 이득을 쫓던 그들이다.

그리고 그런 이들은 대부분 국가의 혜택을 많이 받는 소위, 사회 지도층들이 대부분이었다.

그런데 SH 그룹의 정수호 회장은 어떠한가.

비록 그가 중견 기업의 혈족으로 태어났다고는 하지만, 다른 여타의 그룹의 자손들과 다르게 국민의 기본 의무인 국방의 의무를 충실히 이행한 것은 물론이고, 자원하여 특수부대원이 되고 해외파병까지 갔다가 장애를 입을 때까지 국가에 충성을 한 사람이었다.

그뿐만이 아니었다.

어떤 계기가 있었는지 모르겠지만, 장애를 극복한 뒤로 기업을 일구고 국가 경제 발전에 이바지한 것은 물론이고, 국방력 강화에 큰 밑거름이 되었다.

그의 회사에서 개발한 물건들은 하나같이 획기적인 것이라 단번에 대한민국의 군사력을 몇 단계 위로 올려놓았다.

그 때문에 세계 최강인 미국에서도 대한민국에서 기술을 사 갈 정도였다.

그 대가로 대한민국은 필요로 하던 전투기 엔진 기술을 습득한 것은 물론이고, 최신 전투기 무장을 통합할 수 있게 되었다.

이는 그동안 대한민국 정부가 부단히 노력을 해 왔지만, 번번이 미국의 거부로 인해 이루지 못한 일이었다.

그런데 수호로 인해 너무도 쉽게 해결이 되었다.

그런데 이번에도 또 한 번 큰 도움을 받았다.

그런 생각을 하자 정동영은 자신이 대통령의 자리에 있는 동안만이라도 수호가 있는 SH 그룹에 도움을 줄 것이라 다짐했다.

다만, 그의 임기가 이제 채 1년이 남지 않아 그것이 안타까울 따름이었다.

"허허, 이거 매번 정 회장에게 도움만 받는군……."

자신도 모르게 혼잣말로 중얼거리는 정동영 대통령이었다.

하지만 곁에 있던 비서실장과 보고를 하던 최대환 국방 장관은 똑똑히 들었다.

'애국자가 따로 있나. 정수호 회장이 바로 애국자이자, 대한민국의 영웅이지.'

＊　　　＊　　　＊

이신형 국무총리는 대통령의 부름에 하던 일도 멈추고 급하게 달려왔다.

현재 대한민국은 전시체제로, 언제 중국과 전쟁을 벌

일지 모르는 급박한 상황에 놓여 있었다.

대한민국 정부는 중국 정부에 3일 내로 북한 지역에서 나갈 것을 통보했다.

만약 이를 넘길 시에는 침략으로 간주하고 즉각적인 무력행사를 할 것이라 천명했다.

그리고 이러한 내용이 담긴 공문을 주한 중국 대사에게 전달을 하였고, 또 주중 한국 대사를 통해 한 번 더 공문을 전달했다.

뿐만 아니라 이러한 내용을 기자회견을 통해 전 세계로 알려졌다.

그렇기에 대한민국은 북한이 휴전선에서 무력 도발을 한 시각부터 지금까지 전시체제를 해제하지 않고 있었다.

"이게 정말입니까?"

이신형 국무총리는 도저히 믿을 수가 없었다.

다른 것도 아니고 전투기 조종사 60명이 UAE로부터 파견되어 한국에 들어왔다니.

협상을 벌인 지 불과 몇 시간 만에 일사천리로 진행이 된 것이었다.

이는 한국의 상황과 UAE의 이해득실이 맞아 신속하게 이루어진 일이었다.

그런데 자세한 내막을 모르는 행정부 장관들과 이신

형 국무총리는 보고를 받고 놀라지 않을 수 없었다.

"이게 어떻게 된 일입니까?"

처음에는 너무 놀라 사실 확인을 한 것이고, 두 번째는 어느 정도 정신을 수습하고 그 내용을 물어본 것이었다.

"모든 것이 여기 국방 장관의 노력 덕분이죠."

정동영 대통령은 공을 최대환 국방 장관에게 넘겼다.

"아닙니다. 이런 성과를 올린 것은 전적으로 SH 그룹의 정 회장이 도와주어 그런 것입니다."

최대환 국방 장관은 대통령에게 보고를 한 것처럼, 정부 인사들이 모두 모인 자리에서 다시 한번 SH 그룹과 정수호 회장이 UAE로 떠나는 자신을 만나 나눈 이야기를 가감 없이 들려주었다.

그런 모든 이야기를 전해들은 이신형 국무총리와 장관들은 하나같이 놀라지 않을 수 없었다.

'김종은의 가족들을 구출한 것에서부터 지금까지… 참으로 놀라운 사람이야.'

최대환 국방 장관의 이야기를 모두 들은 이신형 국무총리는 생각했다.

그동안 SH 그룹과 회장인 수호에 대한 이야기는 업무를 하다 보면 수시로 듣는 이름들이었다.

그런데 놀라운 건 부정적인 내용이 하나도 없었다.

그 정도 위치, 그 정도 자리에 있는 사람이라면 부정적인 소문이 있기 마련인데, SH 그룹의 정수호에 대해선 그런 것은 없고 모두 미담뿐이었다.

그런데 이번에는 국가를 위해 기업의 이득을 포기하면서도 부족한 전투기 조종사를 불러들였다는 이야기에 이신형은 존경심마저 들었다.

어느 누가 쉽게 자신의 이득을 포기하고 국가를 생각할 수 있겠는가.

이는 국무총리인 자신도 쉽게 할 수 있는 일이 아님을 너무도 잘 알고 있었다.

"이런 기업인이 많아져야 할 텐데 말입니다."

모두가 최대환 국방 장관의 이야기를 듣고 숙연해져 있을 때, 정동영 대통령이 한마디 하였다.

"맞습니다. 이런 기업인이 늘어야 진정한 선진국으로 들어서는 것입니다."

경제력만, 국방력만 올라간다고 선진국이 아니었다.

진정한 선진국은 이런 모든 바탕 위에 개인의 이득보다 공공의 이득을 위해 희생할 줄 아는 사람이 많았다.

그리고 그렇게 되는 것이 바로 선진국으로 들어가는 길이었고, 그런 사람이 많은 나라야 말로 진정한 선진국인 것이었다.

모든 나라가 본을 받을 수 있는 그런 나라가.

6. 폭풍이 일기 전

자신들의 나라 북쪽 끝에 붙어 있는 작은 반도의 소국이 겁도 없이 대국에 선전포고를 하였다.

3일 내로 들어온 영토에서 물러나지 않으면 선전포고로 알고 공격을 하겠다는 것이다.

이는 참으로 어처구니가 없는 말이 아닐 수 없었다.

이건 대국을 상대로 소국이 절대로 할 수 없는 태도였다.

하지만 진보국은 이런 소국의 말에 순간 당황했다.

어떤 이유로 이전에 없는 태도를 보이고 있는지 알 수가 없었기 때문이다.

인간은 본능적으로 자신이 알 수 없는 것에 두려움을 느낀다.

상대가 자신보다 작다고 해도 말이다.

그렇기에 이전에는 소국이라 무시하던 한국이지만, 느닷없이 그들이 3일의 유예를 두며 3일 내에 주둔지에서 나가라는 황당한 소리에 잠시 주춤거렸다.

하지만 그것도 잠시, 지금의 그의 머릿속에는 분노만이 가득했다.

'감히 소국 따위가 나를 상대로 협박을 해!'

자신이 잠시 당황했다는 생각에 진보국은 더욱 화가 났다.

진보국은 세계 2위를 꿈꾸며 최강국 미국과 어깨를 나란히 하는 중국을 이룩하기 위해 기존의 질서를 무시하고, 진보국 사상을 중국 내 모든 인민들에게 교육하여 세계의 중심에 우뚝 솟았다.

그런데 대국의 끝에 붙어 있는 작은 소국이 감히 대국의 황제나 다름없는 자신을 상대로 장난을 치다니.

선전포고라 하지만 그가 생각하기에 그것은 자신을 상대로 장난을 친 것이라 단정 지었다.

대국인 자신들이 결심하면 한낱 일개 소국은 그냥 쓸려 나갈 것이라 판단이 되었다.

그러니 그것은 선전포고가 아닌, 장난인 것이다.

"주레이신, 어떻게 생각하나?"

중국의 정보국이라 할 수 있는 국가안전부(MSS)의 국장인 주레이신을 불러 물었다.

"어떻게 생각하냐니요?"

주레이신은 질문을 받자 알 수 없다는 표정으로 대답을 하였다.

"군에서 준비를 하고 있습니다. 명령만 내리 주시면 280만 인민 해방군은 주석 동지의 명령에 따라 건방진 소국 놈들을 때려눕힐 것입니다."

진보국의 나팔수마냥 주레이신은 그의 입맛에 맞는 대답을 하였다.

명령만 하면 모든 것이 그의 뜻대로 이루어질 것처럼 말이다.

"그렇지, 우리 대 중국 공산당에게는 280만의 정예병들이 있단 말이야."

육해공을 막론한 280만 명의 인민 해방군과 300만의 무장 경찰과 180만의 공안이 있고, 준군사 조직인 인민 민병이 800만 명이나 더 있었다.

이 중 치안을 위한 180만의 공안을 뺀다고 해도 모두 합쳐 1,380만의 군사 조직이 자신의 명령 하나면 일사분란하게 움직여 소국 따위는 한순간에 초토화시켜 버릴 것이었다.

"하하하하, 그래, 내게는 1천만이 넘는 정병이 있어. 그런데 감히 소국 따위가 나를……."

주레이신의 답변에 기분이 좋아진 진보국은 허공을 향해 호탕하게 소리쳤다.

하지만 이를 지켜보는 국무위원들의 표정은 밝지 않았다.

그도 그럴 것이, 비록 작지만 한국은 결코 소국이라 폄하할 수 없는 군사력을 보유한 나라였다.

자신들에 비해 비록 군사력 순위에서 몇 단계 밀리고 있고, 또 핵무기 또한 보유하지 못한 나라가 한국이이지만 그것도 이제 옛말이었다.

얼마 전 한국은 북한을 점령함으로써 북한이 개발한 핵무기 일부를 습득하였다.

아직까지 외부에 밝히지는 않았지만, 이는 자신들이 알고 또 한국 정부도 알고 있는 상황이었다.

다만, 한국이 핵무기를 가지는 것에 이렇다 저렇다 논평을 하지 않고 있는 미국 때문에 확신할 수 없었지만, 군사위 참모부에서 평가하기를 미국도 한국이 핵무기를 보유하는 것에 우려를 보이고 있다는 점에 희망을 걸어 보고 있었다.

동북아에서 한국이 핵무장을 하게 된다면, 어쩌면 일본 또한 자신들도 핵무장을 하겠다고 할 수도 있는 문제였다.

지금이야 일본이 미국의 말을 잘 듣는 국가지만, 몇 십 년 전까지만 해도 아시아에서 미국과 패권을 두고 다투던 나라가 바로 일본이란 나라였다.

겉으로 보이는 일본인들은 참으로 소심하고 강자에게 고개를 숙이는 예의 바른 모습을 보이는 민족이지만, 그들은 자신들이 힘이 있다고 판단이 되는 순간 돌변하는 민족이었다.

지금도 경제대국이던 과거의 기억을 떠올리며 얼토당토않은 행동을 보이는데, 만약 일본이 핵무기로 무장을 하게 된다면 뒤는 보지 않아도 빤했다.

하지만 이런 사정을 모르는 아니, 신경을 쓰지 않는 듯한 진보국 주석을 보면서 국무위원들은 앞날이 깜깜함을 느꼈다.

처음 정권을 잡았던 때만 해도 국무위원들은 진보국을 보면서 찬란한 조국의 미래를 보았다.

그런데 집권이 2기, 3기로 접어들면서 상황이 변했다.

올곧던 청년 공산 당원은 어느새 나이가 들어 기상은 꺾였고, 총명함으로 혜안을 띄고 있던 두 눈은 어느새 백태가 끼어 빛을 잃었다.

이제 그 자리에는 권력을 향한 탐욕스러운 빛만이 가

득했다.

또한 날렵하던 뱃살은 사라지고 욕심만이 가득해 터질 듯 부풀어 올라 있었다.

하지만 그렇다고 그의 행보를 막을 수는 없었다.

자신들에 의해 진보국은 이미 국가 주석이 아닌, 황제가 되어 있었으니까.

예전 자신들의 선배들은 소련 공산당을 보면서 변절자라 불렀는데, 현재 자신들도 그런 변절자가 되어 있었다.

"북부전구에 비상령을 하달하고, 동부전구에도 한국과 전쟁을 준비하라고 해!"

"주석 동지!"

"내 말 못 들었나? 이번 기회에 건방진 소국을 해방시킨다."

진보국은 예전 중국의 대국들이 이루지 못한 한반도 정벌을 하겠다는 포부를 드러냈다.

그리고 그러기 위해 현재 북한 지역에 들어간 일부의 북부전구 병력은 물론이고, 남은 동북 3성에 주둔하고 있는 북부전구 전력과 서해를 마주하고 있는 동부전구 병력도 동원을 하여 한국과 전쟁 준비를 하라고 지시를 내렸다.

'하!'

진보국의 명령이 떨어지자 집무실 안에 있던 인물들 대부분이 자리에서 일어나 각자 맡은 곳에 명령을 하달하러 가는 반면, 몇몇 국무위원들은 조심스럽게 자리에서 일어나며 속으로 한숨을 쉬었다.

한국은 결코 쉬운 상대가 아니라는 것을 잘 알았기에 이들의 표정은 결코 편하지 않았다.

물론 자신들이 한국을 상대로 지지는 않겠지만, 그렇다고 일방적으로 이길 것이란 예상은 하지 않았다.

'샤오창의 말이 맞았어.'

자리를 떠나는 국무위원들은 오래 전 자신들과 노선을 달리하던 태자당의 한 인물을 떠올리며 후회를 하였다.

＊　　　＊　　　＊

미국 워싱턴 D.C 백악관 대통령 집무실.

존 바이드 대통령은 늦은 시각 찾아온 손님으로 인해 퇴근도 하지 못하고 긴장을 하고 있었다.

세계 최강 미국의 대통령인 그가 이렇게 긴장을 하는 것은 그가 상대하는 일물이 결코 그에 못지않은 신분을 가지고 있었기 때문이다.

그런데 어느 누가 세계 최강 미국의 절대 권력자인

대통령인 그를 긴장시킨단 말인가?

하지만 이를 자세히 들여다보면 그리 놀랍지 않은 일이었다.

세상 사람들이 알지 못하는 비밀이 미국에는 무수히 많은데, 이 또한 그중 하나였기 때문이다.

겉으로 보이는 권력과 그 안에 숨은 권력은 세상 사람들의 상식과는 맞지 않았다.

"프레지던트 존, 왜 일을 이렇게 복잡하게 만듭니까?"

존 바이드 대통령의 앞에 앉아 있는 사내는 그를 무심하게 쳐다보며 따지듯 물었다.

그런 사내의 질문에 존 바이드 대통령은 순간 할 말을 잃어버렸다.

그도 그럴 것이, 자신은 전적으로 앞에 앉은 사내의 명령대로 한국을 견제한 것뿐이었으니까.

그런데 이제 와서 일을 이렇게 만들었다고 따지고 있으니, 그로서는 기가 찰 노릇이었다.

하지만 그런 불만을 존 바이드로서는 겉으로 표현할 수 없었다.

그가 아무리 현 세계 최강 미국의 대통령이라 하지만, 그 자리는 계약직일 뿐이었다.

임기가 끝나면 다음 대통령에게 자리를 물려줘야 하

고 자신은 백악관을 떠나야 했다.

이러한 것을 너무도 잘 알고 있는 그로서는 함부로 말을 할 수가 없었다.

"적당히 밀당만 해도 될 것인데, 왜 대립을 한 것이냐 말입니다."

사내는 자신이 부탁을 했다고 하지만, 눈앞에 있는 존 바이드는 정말이지 대통령이 맞는지 의심이 들 정도로 멍청했다.

그동안 사내는 역대 최고로 멍청한 대통령을 미국의 43대 대통령이었던 조지 W 부시라 생각해 왔다.

그런데 눈앞에 있는 존 바이드 또한 우열을 따질 수 없을 정도로 업무 능력이 떨어졌다.

군인 출신 아버지를 닮아 추진력만큼은 그래도 봐줄 만 했다는 평가를 받는 조지 W 부시와 다르게 존 바이드는 그런 능력도 없었다.

매사 우유부단하고 행정 능력도 떨어지면서, 또 고집은 무척이나 쎄 밑에서 말들이 많았다.

이번 일도 그랬다.

적당히 정보를 숨겼다 늦지 않게 동맹에게 알려 명분을 잃지 않았어야 하는데, 그런 것도 못하고 엉뚱하게 정보를 이용함으로써 미국에 대한 불신만 키웠다.

이로 인해 미국은 중동에서의 영향력도 소폭 상실했

고, 기존에 키워 놓은 쿼드도 엉망이 되어 버렸다.

그나마 애국자들이 많아 끈을 놓친 것은 아니었기에 다행이라 할 수 있었다.

"우리의 최대 적이 누군지 모른 것입니까?"

그런 사내의 질문에 존 바이드는 어렵사리 대답을 하였다.

"현재 우리 아메리카의 적은 중국입니다."

세계 최강 미국을 위협하는 존재는 바로 중국이었다.

예전 오랜 라이벌인 영국도, 냉전 동서를 이데올로기로 편 가르기를 했던 소련(러시아)도 아니고, 저급한 물건으로 세계 경제를 위협하는 중국이었다.

인구수로 저급한 물건을 무단 복제함으로써 질서를 위협하는 중국이 바로 현재 미국을 위협하는 적이었다.

그런데 엉뚱한 곳에 심력을 사용해 적인 중국과 대립하고 있는 우방을 힘들게 하고, 미국의 정신을 흔들어 버렸다.

"지금이라도 주한미군은 물론이고, 오키나와에 있는 주일미군, 대만에 있는 주 타이완 전력까지 동원해 한국을 도우세요."

사내는 마치 자신이 미국의 대통령인 것처럼 동북아에 있는 주둔 미군을 동원해 중국과 대립하고 있는 한국을 도우란 지시를 내렸다.

그럼에도 대통령인 존 바이드는 아무런 대답도 하지 못했다.

그도 그럴 것이, 존 바이드도 눈앞에 있는 사내가 속한 단체의 회원이었기 때문이다.

그리고 앞에 앉아 있는 사내야 말로 존 바이드가 속한 조직의 마스터 다음가는 존재였다.

존 바이드로서는 까마득히 상위에 있어 쳐다볼 수도 없는 존재란 말이었다.

"당신이 한국이 조국에 해 줄 수 있는 것을 만들어 낼 수 있는 능력이 되지 않는다면, 더 이상 그들과 척을 지는 행동을 하지 말기 바랍니다. 이는 권유가 아니라 경고입니다."

사내는 그렇게 자기 할 말만 하고 자리에서 일어났다.

한편 사내가 그렇게 떠나고 난 뒤, 존 바이드는 한동안 자리에서 일어나지 못했다.

이미 백악관 하늘의 달도 기울어 깜깜한 시간이었음에도 불구하고, 존 바이드 대통령은 사내가 지시를 하고 간 뒤로 생각에 잠겨 자리를 떠나지 않았다.

'어쩌다 이렇게 된 것이지?'

존 바이드는 도저히 이해할 수가 없었다.

그도 그럴 것이, 자신이 비록 능력은 다른 이들에 비

해 조금 떨어지더라도 결코 멍청하진 않다고 생각했다.

그러하였기에 조직의 선택을 받았고, 지금의 자리에 오를 수 있었지 않은가.

그런데 조직의 부마스터가 찾아와 경고를 하고 떠났다.

그렇지만 그의 마음속에선 수많은 생각이 대립을 하고 있었다.

'부마스터의 경고를 들어야 한다. 하아, 무엇 때문에 내가 이런 대우를 받아야 하나……'

세계 최강 미국의 권력의 정점인 대통령이란 자리와 조직의 회원으로서 부마스터의 지시를 어길 수 없다는 생각이 맞물려 그를 혼란스럽게 만들었다.

조직은 자신 말도고 수많은 대통령을 만들어 냈다.

자신이 아니더라도 다른 사람을 대통령으로 만들 수 있는 능력을 가지고 있는 것이 바로 그가 속한 조직이 었다.

또한 조직을 배신한 대통령이 아예 없던 것도 아니었기에, 그들의 말로가 어떻게 됐다는 것 또한 존 바이드도 잘 알고 있었다.

그렇기에 고민을 하고 혼란스러워 하는 것이었다.

'어쩔 수 없지……'

하지만 결론은 이미 정해져 있었다.

실수를 만회하고 평안한 노년을 위해서라도 부마스터
의 지시를 따라야만 했다.

*   *   *

UN 안전보장이사회, 보통 안보리라고 하는 이곳은
UN의 실세로, 다섯 개의 상임이사국(미국, 영국, 프랑
스, 중화인민공화국, 러시아)과 비상임이사국 열 개국으
로 이루어져 있으며, 군사적 조치 등 UN의 모든 권한
발동은 다섯 개 상임이사국의 동의 없이는 불가능하다.

더욱이 이들은 2차 세계 대전의 승전국이며 핵 보유
국가들이었다.

그런 막강한 권력을 가진 국제기구인 안전보장이사회
에서 한 가지 안건으로 인해 소란이 일었다.

그도 그럴 것이, 안건을 낸 국가가 상임이사국 중 한
곳인 미국이었고, 또 지명당한 나라 또한 상임이사국
중 하나인 중화인민공화국 즉, 중국이었기 때문이다.

원칙대로라면 상임이사국인 중국이 거부를 하여 안건
이 상정되지 못해야 정상이었지만, 평소 중국의 행태를
못마땅해 하던 다른 상임이사국들로 인해 안건이 채택
되었다.

그런데 의외인 것은, 미국이 상정한 안건에 대부분

부정적으로 일관하던 러시아가 어쩐 일인지 이번 안건은 쌍수를 들고 찬성을 했다는 것이다.

최근 러시아 정부는 한국으로부터 전략무기로 분류되는 물자를 일정 부분 수입할 수 있게 되어 더욱 관계가 좋아졌다.

그리하여 러시아는 오늘 안건이 채택이 되는 데에 결정적인 역할을 하였다.

"중국은 현재 주둔하고 있는 북한 지역에서 신속히 물러나 원래 자리로 돌아가시오."

밀라 모리스 미국 대표는 중국의 대표인 양웨이준을 보며 말하였다.

하지만 이를 들은 양웨이준은 콧방귀를 뀌며 소리쳤다.

"미국은 내정간섭을 하지 마시오."

"아니, 그게 어떻게 해서 내정간섭입니까? 막말로 북한 땅이 중국의 땅이란 겁니까?"

가만히 듣고 있던 한국 대표인 최종문이 양웨이준을 보며 호통을 쳤다.

"그건 당연한 것 아닌가? 원래 한반도는 중국의 일부였어!"

참으로 어처구니없는 말을 하고 있었다.

하지만 최종문도 이를 듣고 가만있지 않았다.

"그렇다면 우리와 당신네가 전쟁을 하는 것은 내전이란 소리군!"

최종문은 느닷없이 내전이란 말을 하였다.

평소라면 중국을 상대로 그런 말을 하지 못했을 것이지만, 이미 대한민국은 중국과 전쟁을 벌일 준비를 모두 마쳤다.

불과 1일 차이였지만, 부족한 공군 조종사를 확보하였고, 또 미국으로부터 중국과의 전쟁에서 부족한 공대공미사일이 들여왔다.

참으로 애간장을 태우던 일이 극적으로 타결이 되어 원래 계약한 수량과 옵션으로 추가 구매 분이 모두 들어온 것이었다.

"뭐, 뭐야! 감히 소국 따위가 대국을 상대로 뭐가 어쩌고 어째!"

큰소리를 치고 들어오는 한국 대표의 말에 순간적으로 당황해 더듬거리며 소리쳤다.

내전이란 말에 양웨이준이 기가 막혔기 때문이다.

"왜? 아직도 우리가 청나라에 사대하던 조선인 같나?"

아주 원색적인 이야기가 UN 안보리 회의장에 난립했다.

'호! 무슨 자신감에서 저러는 것이지?'

중국 대표와 한국 대표의 설전이 오가는 것을 지켜보는 다른 나라 대표들은 흥미롭다는 표정으로 양국 대표의 설전을 지켜보았다.

특히나 상임이사국 중 영국과 러시아 대표의 표정이 상당히 흥미롭다는 표정들이었다.

그리고 독일 대표 또한 비슷한 표정을 하고 이를 지켜보았다.

'한국의 발전이 핵을 보유한 중국을 두려워하지 않을 정도로 발전을 한 것인가?'

그동안 한국은 세계 군사력 평가에서 상당히 높은 위치에 있으면서도 북한 그리고 중국에 힘을 쓰지 못하였다.

그런데 이틀 전 북한의 무력 도발에 직접적인 무력 투사는 물론이고 단 몇 시간 만에 북한 정권을 무너뜨리고 항복을 받아 냈다.

또한 북한 지역에 들어온 중국 인민 해방군에 원래 자리로 돌아갈 것을 종용하는 것은 물론이고, 만약 시일 내에 철수를 하지 않으면 침략으로 간주하고 전쟁도 불사하겠다고 선언을 하였다.

참으로 격세지감이 느껴지는 모습이 아닐 수 없었다.

그동안 자신들이 봐 온 한국은 경제력과 군사력과는 상관없이 호구처럼 행동을 해 왔다.

그 때문에 테러 조직이나 해적들의 주 표적이 되기도
했다.

다만, 근래 무슨 이유에서인지는 모르겠지만, 예전과
다른 행보를 걷고 있었다.

"겨우 남의 것을 불법 카피를 한 짝퉁을 가지고 수십
년간 북한을 상대로 칼을 갈아 온 우리와 상대가 되겠
어?"

급기야 나라를 대표하는 이들이라고는 찾아보기 힘든
저렴한 대화가 오고갔다.

"감히 소국 따위가! 대국의 헛기침 한 방이면 날아갈
것들이, 뭐가 어째!"

"왜! 쫄리나? 명심하라고 앞으로 세 시간밖에 남지
않았어!"

최종문은 차갑게 눈을 반짝이며 소리쳤다.

대한민국 정부에서 중국 정부에 북한 지역에 들어온
북부전구의 77집단군과 78집단군 등 인민 해방군에게
철군 시간을 통보한 것이 이젠 모두 소비되어 불과 세
시간 밖에 남지 않았다.

세 시간 뒤에도 중국 인민 해방군이 북한 지역에 남
거나, 중국 정부에서 아무런 답변이 없을 시, 한국 정부
는 이를 침략 행위로 간주하고 군사행동으로 보여 주겠
다고 하였다.

그리고 지금 최종문은 그것을 언급한 것이었다.

"중국이 자랑하는 동풍(DF 미사일)도 우리 군이 갖춘 그물망에 모두 막힐 테니, 기대하라고."

더 이상의 존중은 없었다.

아무리 중국이 한국과는 비교가 되지 않을 정도로 거대하고, 군인이 많은 군사 강국이라 하지만 대한민국군은 모든 준비를 마친 상태였다.

최종문도 위력 시험을 할 때 모두 참관을 하여 대한민국이 보유한 최신 무기들의 위력을 두 눈으로 직접 보았다.

한국군은 강력한 창과 방패를 모두 갖추었다.

비록 그것들이 핵무기를 보유한 중국을 상대로 어느 정도 위력을 보여 줄지는 모르지만, 지금은 고개를 숙일 때가, 아닌, 고개를 들고 맞상대를 해야 할 때였다.

그렇기에 최종문은 외교 격식에도 맞지 않는 비속어까지 써 가며 중국 대표와 대거리를 하였다.

더욱이 현재 안보리가 돌아가는 상황이 상임이사국인 중국보다는 대한민국에 유리하게 작용을 하고 있었다.

*   *   *

씨이잉!

요란한 쇳소리를 내며 엔진이 돌아갔다.

전투기의 엔진에서 나는 소리였다.

"이글1 준비 완료! 이글1 준비 완료!"

전투기 좌석에 앉은 조종사는 자신의 코드네임을 알리며 관제탑에 무전을 날렸다.

그러면서 이글원은 자신의 편대가 있는 곳으로 고개를 돌려 상황을 살폈다.

— 이글1, GO!

조금 뒤 관제탑에서 이륙 허가가 떨어지자, 이글1은 조종간을 당겨 발진을 하였다.

씨이잉!

이글1이 이륙을 하고 연이어 전투기들이 빠르게 꼬리를 물며 이륙을 하기 시작했다.

"여긴 이글1, 이글2 응답 바람! 다시……."

코드네임 이글1은 자신의 편대가 정상적으로 이륙을 한 것인지 알기 위해 무전을 하였다.

이윽고 이글2부터 이글4까지 순차적으로 무전이 들어오며 위치를 확인하였다.

그리고 모든 편대원들의 위치를 확인한 이글1은 작전 구역으로 기수를 돌렸다.

"편대장이 알린다. 우린 북쪽 국경이 있는 발해만으로 출격한다. 다시……."

이글 편대의 작전구역은 중국과의 국경 인근인 발해만이었다.

성남 비행장에서 출발하면 30분이면 도착할 거리였다.

삐삐삐!

한참을 평화롭게 날고 있던 편대에 갑작스러운 경고음이 들렸다.

"편대 11시 10분 방향 미확인 물체 포착!"

편대장인 이글1의 레이더에 미확인 비행체가 잡혔다.

삐삐!

레이더 상에 점점 더 많은 붉은 점이 찍혔다.

이는 식별 코드에 아군이 아닌 적으로 분류된 코드였다.

적으로 판별된 붉은 점은 모두 다섯 기였다.

아군보다 적기가 한 기 더 많았다.

하지만 아직까지 미사일 경고가 없는 것을 보니, 아직 적은 자신들을 발견하지 못한 것으로 보였다.

"적기 발견! 하지만 적은 아직 우리를 발견하지 못한 것으로 보이니, 각자 위치에서 적기를 맡는다. 적기 하나는 내가 하나 더 맡겠다."

이글1은 숫자의 불균형을 그렇게 해소를 하며 편대에 임무를 하달했다.

— 카피 댓!
— 이글3, 카피!

무전에서 명령을 수신했다는 답변이 들려왔다.

그리고 누가 먼저라고 할 것 없이 전투기에서 미사일이 발사가 되었다.

아직 180㎞ 이상 떨어져 있었지만, 포착을 하고 명령을 내리는 동안 이들이 탑재한 미사일 중 AIM—120 암람의 최대 사거리인 160㎞까지 들어와 있었다.

미사일을 발사한 이글1은 한 발 더 미사일을 발사하였다.

이글 편대가 발사한 AIM—120 암람은 자체 레이더가 장착이 되어 있어 굳이 조종사가 목표를 유도해 주지 않더라도 찾아가 격추를 시키는 액티브 레이더 유도 미사일이었다.

삐삐삐삐!

미사일을 발사하고 얼마 뒤 요란한 경고음이 또다시 울렸다.

이번 경고는 조금 전에 적기가 나타났다는 경고 신호

보다 더욱 짧고 빠르게 울리는 것을 보아, 적 전투기에 의해 조준이 되었다는 미사일 경고였다.

"적이 락온 했다. 모두 조심하도록!"

미사일을 발사하기 전 조준한 것을 알려 주는 경고를 들으며 이글1은 편대에 경고를 날렸다.

비록 먼저 발견하고 미사일을 먼저 발사하기는 했지만, 적 또한 자신들을 발견하고 미사일을 쏘기 위해 조준을 한 것이었다.

이글1은 편대에 경고를 하고 바로 기수를 당겨 고도를 높였다.

적의 공격을 피하는 방법으로는 전투기의 기수를 당겨 고도를 높이는 것과 기수를 밀어 고도는 낮추는 방법이 있는데, 이렇게 장거리에서는 미사일이 도달하지 못하게 고도를 높이는 것이 통상적인 방법이었다.

자칫 기수를 낮췄다가는 적의 미사일이 계속해서 추적해 올 수 있었기 때문이다.

이글1은 기수를 당기면서도 레이더에서 눈을 떼지 않고 있었다.

적의 상태를 확인해야 했기 때문이다.

미사일을 발사하였지만 적이 이를 회피하고 또다시 공격을 할 수도 있었기에 적을 격추시키기 위해서라면 끝까지 예의 주시해야만 했다.

다행이 적을 알리는 붉은 점 하나가 사라졌다.

하지만 자신을 향해 날아오는 적 미사일은 빠르게 접근하고 있어 긴장을 놓을 수가 없었다.

또 이글1에게는 적이 하나 더 남아 있었기에 회피 기동을 하면서도 남은 적을 놓치지 않고 주시하였다.

교전 거리는 빠르게 줄어들고 있었다.

적과의 거리는 60㎞ 안으로 들어왔기에, 더 이상 AIM—120 암람은 사용할 수 없었다.

그러니 단거리 공대공미사일인 AIM—9X 사이드 와인더를 사용하면 되었다.

적이 발사한 미사일을 회피하는 한편, 락온 된 적 전투기에 AIM—9X를 발사했다.

기동성이 우수한 AIM—9X는 빠르게 적기에 접근을 하여 적기가 회피하기도 전에 명중을 하는데 성공했다.

"상황 끝! 이글 보고하라."

레이더 상 적기의 표식이 보이지 않자, 이글1은 편대에 무전을 날려 상황 보고를 하라고 하였다.

치직!

— 이글2, 이상 무!
— 이글4, 이상 무!

이글편대에서 이글2와 이글4는 이상이 없음을 전해 왔지만, 이글3의 무전이 들려오지 않았다.

"이글4, 어떻게 된 것인가?"

편대장인 이글1은 사수인 이글3의 행방을 윙맨인 이글4에게 물었다.

치직!

— 적기가 발사한 미사일을 회피하지 못한 것으로 보임.

자신의 사수인 이글3의 모습이 보이지 않는 것에 이글4는 그렇게 보고를 하였다.

보고를 받은 편대장은 속으로 한숨을 쉬었다.

'하!'

순간적으로 한숨이 나오는 것을 어쩔 수 없었다.

"편대 상황 종료한다. 모두 밖으로 나와라."

편대장인 이글1은 그렇게 상황을 종료하고 전원 스위치를 내렸다.

징!

작은 진동음과 함께 전투기의 계기판에 불이 모두 꺼졌다.

치익!

전원이 꺼짐과 함께 콕핏의 덮개가 열렸다.

지금까지의 상황은 실전이 아닌 모두 시뮬레이션이었다.

시뮬레이션으로 모의 전투 훈련을 했던 것인데, 그래픽이 너무도 실제와 가까워 몰입감이 진짜 전투와 흡사했다.

대한민국 공군은 3년 전부터 이런 실사 시뮬레이션 장치를 이용해 실전과 같은 훈련을 받았다.

그리고 방금 전 모의 훈련을 한 이들은 UAE에서 파견된 전투기 조종사들로, 앞으로 있을 중국 공군과 실전을 대비해 훈련을 하는 중이었다.

그런데 훈련 중 부편대장인 이글3가 가상 적기가 발사한 장거리 공대공미사일을 피하지 못하고 격추가 되었다.

실전이었다면 목숨을 잃을 수도 있는 상황.

다행이 이번에는 시뮬레이션 훈련이었기에 목숨과 상관이 없는 일이었지만, 조만간 실전을 할 이들로서는 경각심을 일으킬만한 상황인 것이었다.

"아지즈! 긴장 안 하지?"

"시정하겠습니다."

"우린 조국의 상공에 목숨을 걸었다. 이런 파국의 하늘에서 산화하기 위해 온 것이 아니야!"

"죄송합니다."

아지즈는 자신에게 훈계하는 편대장을 보며 고개를 숙였다.

훈련이었기에 조금 긴장을 놓은 것이 사실이었기에 할 말이 없었다.

그리고 그런 모습은 비단 이글 편대에서만 벌어지는 일은 아니었다.

시뮬레이션 장치가 있는 이곳 곳곳에서 이와 비슷한 양상이 펼쳐지고 있었는데, 모두 UAE에서 파견된 전투기 조종사들이란 공통점이 있었다.

7. 한중 전쟁의 시작

대한민국 국민들은 남과 북이 통일되었다는 사실에 기뻐하면서도 한편으로는 아직 북한 지역에 들어온 중국군이 자신들의 나라로 돌아가지 않은 것 때문에 또 다른 전쟁이 발발하는 것은 아닌가 하는 불안감이 스멀스멀 피어오르고 있었다.

　그리고 그건 한반도를 지켜보는 세계인들의 또한 마찬가지였다.

　특히나 중국의 탐욕스러운 영토 욕심을 알고 있는 중국의 주변국 국민들이나, 독립을 위해 무장투쟁을 하고 있는 중국의 자치구에 속하는 이들은 이를 예의 주시하고 있었다.

하지만 그런 어수선한 분위기와는 전혀 다른 곳이 있었다.

그곳은 바로 SH 그룹에 속해 있는 계열사들과 연구소였다.

이들은 무슨 생각인지 한반도에 긴장이 고조되고 있는 상황에서도 전혀 흔들림 없이 각자 맡은 임무를 수행하고 있었다.

특히 회장인 수호 산하 BIO 연구소는 더욱 그러하였다.

"김 박사, 상태 어때?"

연구소 소장이 이휘성 박사는 동료 연구원인 김상식 박사를 보며 물었다.

"파장이 안정적입니다."

생체 파장과 유사한 레이저 파를 이용해 외상 치료 및 신체 재생 연구를 하고 있는 이휘성 박사의 연구팀은 레이저 파의 파장 안정성을 유심히 지켜보고 있었다.

"그건 어제 들은 거고, 절단된 생체의 재생 정도는 어느 정도야? 목표 점의 몇 퍼센트야?"

이휘성 박사 연구팀은 이미 생체 재생 레이저 파를 찾아 이를 안정적으로 분사하는 기기를 완성했다.

다만, 예상보다 전력을 많이 소비하여 이를 개선하기 위해 연구를 계속하고 있었는데, 전력 소모를 낮추다 보니 기기가 안정적으로 작동을 하지 않아 애를 먹고 있었다.

그러다 다른 계열사의 도움을 받아 전력 문제를 해결할 수 있게 되자, 연구는 탄력을 받아 빠르게 진전을 보이기 시작했다.

"음… 1초당 3㎟에 해당하는 생체 재생력을 보이고 있습니다."

"3㎟? 더 개선점은 없나?"

초당 3㎟의 재생력이란 소리에 이휘성 박사는 미간을 찌푸리며 작게 중얼거렸다.

손상된 생체 조직이 빛을 쪼이면 초당 3㎟씩 재생을 한다는 것은 무척이나 기적적인 일이 아닐 수 없었다.

그렇지만 이휘성 박사는 만족을 하지 못하고 더 개선할 점이 없는지 궁리를 하였다.

하지만 그가 이러는 것은 다 이유가 있었다.

솔직히 이휘성 박사 팀이 생체 재생 레이저 파를 연구하는 것은 무에서 시작한 연구가 아니었다.

SH 그룹 산하 연구소는 거의 대부분이 그룹 회장인 수호가 어느 정도 연구를 하여 기초를 완성한 뒤, 과제를 연구소에 내려 주고 있었다.

그러다 막히는 부분이 있다면 마치 과외 선생님이 학생을 지도하듯 문제점을 해결할 수 있게 지도를 해 주는 방식이었다.

그러다 보니 SH 그룹은 여러 분야에서 빠르게 신제품을 만들어 낼 수 있게 되었다.

그리고 이휘성 박사가 연구하고 있는 이것도 마찬가지였다.

SH 그룹 회장, 수호가 어느 정도 연구를 완성해 놓은 것에 숟가락을 얹어 연구를 해 가고 있는 것이다 보니, 이휘성 박사가 만족하지 못하는 것이었다.

'이 연구는 적게는 대한민국 국민을 위한 연구이고, 크게는 인류의 발전을 위한 연구이니, 박사님께서는 이 연구를 완성해 주세요. 그리고 더욱 발전시켜 주시기 바랍니다.'

이휘성 박사가 연구 과제를 맡았을 때, 수호가 한 당부였다.

인간은 세상에 나오면서 시간이 흐를수록 많은 신체 변화를 겪는다.

그리고 세상을 덮고 있는 수많은 방사성물질에 노출이 되면서 유전자는 서서히 변형을 일으켰다.

그렇기에 나이가 들수록 신체는 노후화되고 각종 질병에 걸리게 되는 것이었다.

그런데 이휘성 박사팀이 연구하고 있는 것은, 이러한 인간의 신체 노화를 촉진시키는 세포 현상을 인공적으로 되돌리는 연구였다.

그러한 연구 중에 인체의 세포가 발산하는 파장을 연구해 보라는 수호의 조언을 듣고 연구에 들어간 끝에 세포의 파장과 비슷한 파장을 전달하면 손상된 세포가 재생하는 것을 목격하게 되었다.

그 뒤로 연구는 계속 진행이 되었고, 현재에 이르러 세포의 파장과 같은 레이저 파를 발산할 수 있는 기기를 개발하게 되었다.

다만, 조급한 마음 때문인지 아니면 다른 이유에서인지는 모르겠지만, 초당 3㎟의 재생 속도에도 만족을 하지 못하고 있었다.

작은 상처라면 이것도 괜찮은 속도라 할 수 있지만, 애초에 이들의 목적은 흔한 외상 치료에 사용되는 연고로도 치유가 가능한 상처를 치료할 목적이 아니었다.

이들은 화상이나 신체 절단과 같은 사고에도 쓰일 수 있는 영화에나 나올 법한 신체 재생 능력을 보이는 것이 목적이었다.

그러다 보니 초당 3㎟의 재생 능력에 만족하지 못하는 것이었다.

＊　　　＊　　　＊

이휘성 박사팀이 외상 치유 레이저 파를 연구하는 모습을 지켜보던 수호는 모니터에서 시선을 뗐다.

사실 이휘성 박사는 모르고 있지만, 그가 하는 레이저 파 연구만으로는 원하는 목표를 이룰 수 없었다.

아니, 현재 개발된 과학기술이나, 이론으로는 영화에서나 볼 법한 그런 재생 능력은 불가능한 영역이었다.

하지만 그것이 아주 불가능한 것도 아닌 게, 몇 가지 기술이 접목이 되면 완벽하진 않지만 비슷한 효과를 볼 수 있었다.

[저 정도면 끊어진 신경 세포를 연결할 수 있을 것 같습니다.]

이휘성 박사팀이 연구하던 장면을 함께 모니터 하던 슬레인은 가능성을 엿보았다.

수호와 함께 연구를 하던 새로운 신체를 만드는 것을 말이다.

방금 전 이휘성 박사팀이 성공한 세포 재생 레이저 파의 성공으로 막혀 있던 부분이 해결되었다.

인공관절이나, 근육은 이미 연구가 끝나 있었지만, 그것들을 능동적으로 움직일 수 있게 조절을 하는 신경 세포를 연결하는 부분에서 가로막혀 연구를 중단했다.

물론 로봇을 생각했다면 진즉 완성이 되었겠지만, 슬

레인이 원하는 신체는 기계가, 아닌, 누가 봐도 위화감이 없는 그런 살아 있는 세포로 이루어진 인간의 모습이었다.

그러다 보니 새로운 신체 연구는 지지부진하게 멈춰졌는데, 이휘성 박사팀의 작은 성공으로 해결책이 마련되었다.

그런데 슬레인의 새로운 신체 연구도 연구지만, 그동안 슬레인의 새로운 몸을 만들기 위한 연구를 하면서 SH 그룹은 많은 신제품을 만들어 낼 수 있었다.

그중 가장 대표적인 것이 바로 SH시큐리티의 직원들에게 지급한 파워슈트를 들 수 있었다.

자신의 신체에 사용할 인공 근육을 연구하다 나온 부산물이었지만, 마스터에게 필요할 것이라 판단한 슬레인은 이를 감추지 않고 마스터인 수호에게 알려 자신이 연구한 인공 근육을 이용한 제품을 만들어 냈다.

또한 파워슈트와는 다른 부분으로 민간 의료 분야에도 활용이 되어 신체장애를 가진 사람들을 위한 인공 신체나, 고강도 노동력이 필요한 분야에서 활용할 수 있는 엑소스켈레톤 아머를 개발해 산업 분야에서 사용이 되고 있었다.

비록 자신이 사용할 수는 없었지만, 마스터에게 도움이 되었기에 슬레인은 자신의 연구에 대한 자부심이 대단했다.

그러던 차에 막혀 있던 부분이 해결이 되자, 슬레인은 곧바로 수호에게 부탁을 했다.

[마스터, 잠시 저만의 시간을 가져도 되겠습니까?]

초자아를 가진 인공지능 생명체였지만, 슬레인는 마스터의 곁에서 그의 수발을 드는 존재였다.

그러니 슬레인도 자신의 본분을 잊지 않는 범위 내에서 연구를 하기 위해 허락을 구하는 것이었다.

"연구를 다시 시작하려고?"

수호는 자신에게 개인적 시간을 가져도 되냐고 허락을 구하는 슬레인을 보니 무엇 때문에 그런 말을 한 것인지 금방 알 수 있었다.

[예, 맞습니다.]

"그러면 너를 대신할 쥬피터를 불러 줘."

쥬피터는 슬레인이 그동안 학습한 것과 자신이 연구한 것을 토대로 가장 최근에 완성한 인공지능 컴퓨터였다.

그렇기에 그동안 슬레인이 완성한 인공지능들보다 훨씬 성능이 뛰어났다.

다만, 아직까진 인공지능으로서 배워야 할 것이 많기에 따로 학습을 시키고 있었는데, 슬레인이 개인적으로 다시 연구를 시작하게 되었으니 어쩔 수 없이 불러 와야만 했다.

[알겠습니다. 남은 학습을 완료시키고 바로 보내 드리겠습니다.]

사실 쥬피터의 교육은 몇 퍼센트 남지 않은 상태라 남은 부분은 강제로 기억장치에 주입하고 임무를 수행하는 짬짬이 학습을 하게 하면 되었기에 상관이 없었다.

"혹시 모르니 쥬피터를 보조할 머큐리도 하던 작업을 멈추고 대기시켜 줘."

수호는 아무리 쥬피터가 최신형 인공지능 컴퓨터라고는 하지만, 슬레인과 비교를 하면 486컴퓨터와 양자컴퓨터만큼이나 차이가 컸기에 혹시나 싶은 마음에 또 다른 인공지능 컴퓨터인 머큐리를 대기시킨 것이었다.

그렇다고 머큐리가 쥬피터에 비해 성능이 아주 떨어지는 것도 아니었다.

그저 보다 먼저 개발이 되었기에 최신 기술이 들어간 쥬피터보다 정보처리 속도가 떨어지는 것이지, 인공지능으로서의 응용력은 머큐리가 좀 더 나았다.

물론 주입된 정보가 모두 학습이 끝나면 그것도 능가할 테지만, 아직까진 부분적으로 머큐리가 조금 더 나은 부분도 있었다.

그렇기에 수호는 슬레인의 빈자리를 쥬피터, 머큐리, 두 인공지능 컴퓨터로 대신하려고 하는 것이었다.

[네, 그렇게 하겠습니다. 그리고… 급한 일이 생기시면 언제든 불러 주십시오.]

슬레인은 마치 숙련된 집사처럼 말을 하였다.

"알았어. 너도 연구 빠르게 완료하고 돌아와."

[감사합니다.]

수호와 슬레인의 대화는 그렇게 끝이 났다.

어차피 지금은 수호가 슬레인을 급히 찾을 일은 없을 것이었다.

그동안 조국을 위해 준비한 것들은 모두 완벽하게 대비를 마쳤다.

아니, 시간이 부족해 완벽하게 준비를 했다고 할 수는 없지만, 그건 어디까지나 느닷없는 변수에 의해 벌어진 상황 때문에 준비가 부족한 것이었다.

만약 시간만 충분히 주어졌다면, 세계 그 어느 나라도 대한민국을 넘보지 못할 정도로 완벽한 방위 시스템을 완성했을 것이다.

다른 나라를 침공하기 위한 공격 능력은 떨어질지 모르겠지만, 방어력만큼은 세계 최강으로 구축할 수 있었다.

만약 이번 일만 무사히 지나간다면 세계 최강인 미국이라도 대한민국을 무력으로 침공할 수 없는 완벽한 방위 시스템을 완성할 수 있을 듯했다.

예산 때문에 300문에서 멈춘 230㎜ 초장거리포와 아직 해군에 인수인계되지 않은 최신형 순양전함, 그리고 새로운 아크 원자로 추진 기관으로 업그레이드된 대구급 Batch—Ⅲ와 장보고Ⅳ 잠수함 등, 대한민국에는 밖으로 알려진 것보다 더 많은 극비 전략무기가 많이 있었다.

다만, 그 수량이 적어 겉으로 드러내지 않고 있을 뿐이었다.

실제로 전투가 벌어진다면 이들 하나하나가 적에게는 고슴도치의 가시나, 전갈의 독침과 같이 작용을 할 것이었다.

물론 그렇다고 해서 신무기들만 개발한 것은 아니었다.

수호와 슬레인, 그리고 SH 그룹에 속한 연구소들은 군사 분야뿐만 아니라 민간 분야에서도 사용할 수 있는 많은 신제품들을 개발해 대한민국 국민의 삶의 질을 향상시키는 한편, 치안이나 소방 분야에도 많은 도움을 주었다.

또 강제적이긴 하지만 어수선한 정치권에도 손을 대 안정화를 이루었다.

어떻게 보면 대한민국 건국 이래 가장 태평성대가 아닐 수 없었다.

'조금만 더 하면 내가 굳이 나서지 않아도 대한민국은 세계 정상에 오를 거야. 그러면 그땐……'

수호는 개인적으로 해 보고 싶은 것이 있었다.

하지만 지금은 그것을 바라볼 때가 아니었기에 자신의 주변이 안정이 될 때까지만 참기로 하였다.

그리고 보다 빠르게 안정화를 이루기 위해 능력을 쏟아부을 계획이었다.

그렇게 힘을 쏟아 안정화가 된 뒤에는 자신이 하고 싶은 일을 할 생각이기에 이렇게 앞만 보고 달려온 것이었다.

만약 그런 생각이 없었더라면, 굳이 정치권에 손을 대지도, 심보성 사장을 통해 방위 사업에도 뛰어들지도 않았다.

둘째 큰아버지의 납치 사건에도 그렇게 화를 내고 집적 나서서 중국까지 가지도 않았을 것이고, 일본과 티벳 등을 돌아다니지도 않았을 것이다.

하지만 이 모든 것은 자신의 주변을 안정시키기 위해 나선 것이었다.

수신제가치국편천하라 하지 않던가?

몸을 바로 세우고, 집안을 안정시키고, 나라를 다스리면 천하를 평정할 수 있다는 말처럼, 수호는 수신과 제가가 되었으니, 치국을 마음먹고 자신을 흔들려는 정치권을 능력을 발휘해 그들을 휘어잡았다.

그 뒤로 나라의 힘을 키워 어느 누구도 감히 대한민국을 넘보지 못하게 하기 위해 노력을 해 왔다.

그 과정이 바로 지금이었다.

대한민국의 주변에는 강력한 강대국이 널려 있었다.

미국과 중국, 러시아, 일본이 그들이었다.

그중 일본의 경우 한 차례 수호에게 테러를 자행하려 했지만, 역으로 수호에게 당해 한반도에 신경을 쓸 수 없는 상황이었다.

그런 반면, 중국은 호시탐탐 한반도를 노리던 중 야욕을 드러냈다.

이를 막기 위해 티벳과 위구르에 힘을 실어 주었는데, 그것만으로는 부족한 듯했다.

하지만 상관없었다.

중국이 직접적으로 한반도에 야욕을 드러냈고, 또 국제 사회에서 중국의 야욕을 규탄하고 있는 지금이 기회였다.

위기 속에 기회가 있다고, 대한민국은 겉으로 드러난 것처럼 약하지 않았고, 반대로 중국은 겉으로 보이는 것처럼 강하지 못했다.

그러니 이번 기회를 이용해 잃어버린 고토를 찾을 기회인 것이다.

　　　　＊　　　　　＊　　　　　＊

　우우웅!

　하늘을 나는 비행기에서 무수히 많은 유인물들을 뿌리고 지나갔다.

　장위안은 자신의 머리 위에 떨어지는 유인물을 집어 들어 읽었다.

　[여기는 대한민국 영토이다. 그러니 신속히 당신의 나라로 돌아가기 바란다. 당신들은 북한 정부의 요청으로 그들을 돕기 위해 이 땅을 찾았을 것이지만, 현재 북한이란 나라는 존재하지 않으며 그들은 대한민국에 항복을 하여 통일을 이루었다. 그러니… 금일 17:00까지 돌아가지 않으면 침략 행위로 간주하고 당신들을 공격할 것이다. 대한민국 대통령 정동영.]

　하늘에서 떨어진 유인물의 내용은 그러하였다.

　혹시나 한글을 모르는 이들이 있을 것 같아, 한자와 영어로까지 쓰인 유인물은 이곳이 대한민국의 영토이니 중국군은 나가라는 내용이었다.

　"팡쯔!"

　내용을 모두 읽은 장위안은 인상을 구기며 들고 있던

유인물을 거칠게 구겼다.

자신들에게 이 땅에서 나가라니.

말도 되지 않는 소리였다.

멍청한 조선인들이 자신들을 불러들인 것은 명백한 그들의 실수였다.

북한 정부가 사라졌으면, 그 다음부터 이 땅은 중국의 것이었다.

이런 생각을 하는 이는 비단 장위안뿐만이 아니라, 장진호 주변에 주둔하고 있는 대부분의 중국군 장교들이 그렇게 생각했다.

뿐만 아니라 한국이 이런 선전물을 뿌리는 것은 시간을 벌기 위한 몸부림이라 판단을 하였다.

동맹인 미군이 올 시간을 벌기 위한 수단이라고 말이다.

그렇기에 자신들도 보다 빠르게 북부전구의 전력을 집중할 필요가 있다고 생각을 하였다.

그리고 이러한 소식은 신속하게 북경의 공산당 본부로 전달이 되었다.

*   *   *

중국의 북부전구 소속 79집단군 예하 기갑여단들이

집결한 장진읍과 마주한 영광읍에 주둔한 대한민국 육군 제7기동군단은 최후통첩 시간인 17시가 되길 기다리고 있었다.

"지금 시각이 얼마나 되었지?"

제7기동군단의 군단장인 허강수 중장은 부관을 보며 물었다.

"아직 작전시간까지 30분 정도 남아 있습니다."

"그래? 중국군의 움직임은?"

앞으로 30분 후면 원하든, 원치 않든 세계 3위라는 중국군과 전투를 벌여야 했다.

물론 자신들의 몇 배나 되는 중국군을 상대로 전투를 벌인다고 해서 두려운 것은 아니었다.

그도 그럴 것이, 중국의 최강의 기갑 전력이 모여 있다고는 하지만, 그 내면을 들여다보면 가소롭기 그지없었다.

더욱이 현대의 전쟁은 과거의 인해전술이 통하지 않는 전장이 되었다.

버튼 하나로 수십 수백만을 날려 버릴 수도 있었고, 같은 기갑 차량이라 해도 세대 차이로 인해 소수의 차량으로 다수의 적을 제압할 수 있게 상황이 바뀌었다.

"작전 시간이 되면 별도의 명령이 없더라도 돼지 사냥을 하라고 해."

허강수 군단장은 입꼬리를 살짝 올리며 그렇게 명령을 하였다.

경고한 시간까지 겨우 30분이 남은 이 시각까지 중국군의 움직임은 파악되지 않았다.

그 말은 다시 말해 자신들과 전쟁을 불사하겠다는 것이나 다름이 없는 일이었다.

그러니 허강수 군단장도 굳이 적의 생명을 걱정하며 교전을 미룰 이유가 없었다.

더욱이 그는 군인이 아닌가.

대한민국 군인으로서 현재는 중국의 땅이 되어 버린 만주와 요동 땅에 대해 한 번 이상은 들어 보았다.

또 기갑부대 지휘관으로서 드넓은 만주 벌판을 자신의 애마를 타고 달리고 싶은 욕구가 없진 않았다.

그러던 차에 군부에서 새로운 작전이 하달이 되었다.

북한의 도발이 있을 때 이를 빌미로 한반도 통일을 이루고, 나아가 북한 지휘부가 어려움을 느끼고 중국에 원조를 요청할 때, 이를 빌미로 중국과 국지전을 벌이면서 잃어버린 옛 영토를 찾는다는 고토 회복 작전을.

사실 처음 이런 말을 들었을 때는 그저 농담으로 치부하고 웃어넘겼다.

하지만 말로만 들리던 최신형 4세대 전차가 7군단에 배치가 되면서 허강수의 머릿속에서는 폭죽이 터지기 시작했다.

7군단에 배치된 K—3 백호의 성능은 가히 비교불가의 괴물이었다.

7군단장인 그가 보기에 K—3 백호는 영어 표기로 White Tiger가 아니라 God Tiger였다.

K—3 백호는 기존 K—2 흑표의 55구경장 120㎜ 활강포에 직격이 되었을 때도 약간의 흠집만 났을 뿐이었다.

그것도 K—2 흑표의 교전 거리인 2㎞ 내였음에도 불구하고 말이다.

K—3 전차에 부착된 능동 방어 장치를 켜지 않은 상태에서 시험을 한 것으로, 순전히 K—3의 방어력을 측정하기 위한 시험이었다.

그리고 시험은 아주 성공적이었다.

그런데 K—3백호의 방어력도 방어력이지만, 허강수를 가장 놀라게 한 것은 바로 주포였다.

K—3의 화력을 담당하는 52구경장 140㎜ 전열화학포의 위력은 이를 지켜보던 사람들의 오금을 저리게 만들었다.

그도 그럴 것이, K—3의 주포는 무려 5㎞밖에 있는 표적을 정확하게 명중을 시킨 것은 물론이고, 균질압연강판의 강도 2,000㎜급의 세라믹 장갑을 관통했기 때문이다.

이는 업그레이드 된 K—2A1의 장갑방어력으로도 막을 수 없다는 얘기나 마찬가지였다.

제7기동군단이 동원한 전차와 기갑 전력이 중국군에 비해 적다고 하지만, 허강수는 이런 성능의 차이 때문에 걱정하지 않았다.

비록 K—3 전차가 개발된 지 얼마 되지 못해 제7기동군단의 주력이라 할 수는 없었지만, 중국의 모든 전차에게는 사신이 강림한 것이나 다름이 없었다.

그렇기에 허강수는 부관에게 그와 같은 명령을 내린 것이었다.

'누가 지었는지 모르겠지만, 돼지 사냥이라니…….'

명령을 내리고 지휘부를 나와 자신의 애마에 올랐다.

환갑의 나이임에도 불구하고, 그는 앞으로 있을 전투 때문에 피가 끓는 듯한 느낌을 받았다.

*　　　　*　　　　*

잠시 후.

애앵! 애앵!

주둔지 주변에 깔아 둔 스피커에서 요란한 사이렌이 울렸다.

이동휘는 손목에 있는 시계를 보며 시간을 확인했다.

'17시 정각이군. 이제 시작이야.'

작전 시간이 되었다.

중국이란 강대국을 상대로 전쟁을 치러야 한다는 두려움 그리고 세계 최강이라고 자랑하는 애마(K—3)의 위력을 직접 볼 수 있다는 흥분이 점철된 복잡한 심경이었다.

"출동이다."

내부 무전으로 출동을 알렸다.

"알겠습니다."

씨이잉!

작전시간이 되자 저 멀리서 들리는 K—2A1의 웅장한 엔진 소리와는 다르게, K—3 백호의 엔진 소리는 무척이나 조용했다.

영광읍에 주둔하고 있던 K—3 전차들은 빠르게 달려 북동쪽의 신흥읍 통과해 부전호와 산수리를 돌아 장진호로 향했다.

이는 장진호 인근에 주둔하고 있는 중국군을 하나도 놓치지 않고 섬멸하기 위해서 대한민국 제7기동군단은 K—3 전차들과 K—2A1을 이용한 망치와 모루 작전을 펼치려는 것이었다.

물론 그렇다고 모든 K—3 전차가 신흥읍을 통해 북

쪽으로 이동을 하는 것도 아니었다.

일부 K—3 전차와 K21—105 경전차로 이루어진 부대가 서쪽으로 사창이를 경유해 선암골을 돌아 장진호로 진입을 하여 장진호 서쪽 방면을 틀어막았다.

그럼으로써 장진읍과 장진호 일대에 주둔해 있던 중국 인민 해방군 북부전구 제79집단군 예하 기갑여단들을 포위하였다.

다만, 한줄기 빈틈이 있기는 했다.

그것은 바로 장진읍에서 동쪽으로 함지원으로 빠지는 동쪽 길이었다.

하지만 이곳은 중국군 전차로는 이동이 어려운 지형이기에 사실 일부로 틈을 만들어 둔 것이었다.

쥐도 궁지에 몰리면 고양이를 문다고 하지 않은가.

중국의 기갑 전력의 질이 제7기동군단에 비해 떨어진다고 해도, 죽자 살자 달려들면 피해를 입지 않을 수가 없었기에 일부러 만들어 준 길이었다.

그르릉!

마치 맹수의 울음소리와 같은 소음을 내던 제7기동군단의 기갑 전력이 자리를 잡았다.

저 멀리서 한가로이 저녁 준비를 하는 중국 인민 해방군의 모습이 보였다.

"저놈들 뭐야?"

이동휘는 전차장 모니터에 보이는 적진을 보며 황당하다는 듯이 소리쳤다.

그도 그럴 것이, 분명 자신들은 17시가 되면 그들에게 침략으로 간주하고 공격을 하겠다고 미리 선전포고를 한 상태였다.

약속된 시간이 되면 바로 교전이 벌어져도 할 말이 없는 것이었다.

그런데 지금 눈앞에 황당한 모습을 펼치고 있는 중국의 북부전구 병사들을 보니 기가 막히지 않을 수 없었다.

"소대장님, 저것들 그냥 공격해도 되는 겁니까?"

얼마나 황당한지 포수인 박인권 상병이 전차장에게 고개를 갸우뚱거리며 물었다.

그들은 작전 명령이 떨어져 출동을 한 것이었다.

그러니 적을 보는 순간 바로 교전을 벌여야 하는데, 정작 적의 모습이 전쟁 상황과는 너무도 동떨어져 있어 순간 당황해 질문을 한 거였다.

이에 이동휘 중위도 당황해 대답을 하지 못했다.

하지만 주변에서 들리는 전차포 소리에 정신을 차리고 사격 명령을 내렸다.

"여기 놀러 왔어? 쏴!"

쾅! 쾅!

실전이라 헤치도 닫고 헤드셋도 착용 중임에도 불구하고, 주변에서 발사하는 전차포 소리에 깜짝깜짝 놀랄 지경이었다.

펑! 펑!

이동휘 중위가 탄 전차는 물론이거니와, 주변에 있는 제7기동군단 예하 전차들은 데이터 링크를 통해 자신에게 할당된 표적을 정확하게 사격을 하는 중이라 일체의 포탄 낭비를 하지 않았다.

예전처럼 데이터 링크 기능이 없었더라면 중복된 표적을 사격하느라 포탄 낭비가 있었을 테지만, 지금은 아니었다.

최신형인 K—3는 물론이거니와, 한 차례 개량을 마친 K—2A1도 데이터 링크 시스템이 적용이 되어 효율적인 전투를 하고 있었다.

＊　　　＊　　　＊

뚜뚜우!

시계 바늘이 오후 다섯 시를 가리켰다.

청와대 지하 벙커에 있던 정동영 대통령은 자신도 모르게 손목의 시계를 쳐다보았다.

분명 벙커 내부에 있는 시계가 시간을 알려 주었음에

도 불구하고 그는 본능적으로 왼손에 있는 시계를 보았다.

"시작되었습니다."

대통령 비서실장인 유영민은 굳은 표정으로 대통령에게 보고를 하였다.

"아무런 이상 없겠지요?"

정동영 대통령은 고개를 돌려 최대환 국방 장관을 보며 물었다.

"당연합니다. 아시아 최강인 제7기동군단입니다."

최대환 국방 장관은 육군의 제7기동군단을 언급하며 아시아 최강이라 소리쳤다.

하지만 그의 속마음은 아시아 최강이 아닌 세계 최강이라고 부르짖고 있었다.

숫자에서는 중국이나 러시아, 인도에도 밀리지만, 전력의 질만큼은 세계 어느 나라의 기갑 전력과 비교해도 꿀리지 않았다.

아니, 세계 최강 미 육군의 기갑부대도 제7기동군단에 비하면 솔직히 비교 불가였다.

"중국 정부는 어떻게 나올 것 같습니까?"

정동영 대통령은 제2의 장진호 전투가 끝난 뒤 중국 정부가 보일 반응에 대해 물었다.

"중국은 우리의 전력을 보고 깜짝 놀랄 것입니다. 하

지만 이 한 번의 전투로 인해 중국이 물러나는 일은 없을 것으로 예측하고 있습니다."

최대환 국방 장관은 군 참모부의 예측 시나리오에 대해 이야기를 하였다.

아무리 자신들의 부실을 알게 되더라도 중국 정부는 이번 한 번의 교전 결과만으로 항복하진 않을 게 분명했다.

이는 체면을 중시하는 중국인들의 성향 때문이라도 분명 대규모 교전이 몇 차례 더 있을 것이었다.

한국은 이런 중국인의 성향을 잘 파악하고 이용해야 목적을 이룰 수 있었다.

8. 세계를 놀라게 하다

세계가 놀랐다.

설마 진짜로 그렇게 할까? 아니야, 그래도 상대가 중국인데, 세계 3위의 군사력을 가진 중국에 그러겠어 라는 생각이 지배적이었다.

하지만 현실은 그런 생각들을 비웃기라도 하듯 대한민국은 고지한 대로 정말로 중국에게 공격을 가했다.

세계 군사력 순위 6위의 한국이 3위, 혹자는 러시아를 제치고 2위라 하는 사람들도 있기는 하지만, 어찌되었든 세계의 평가에서 중국에 비해 약하다 평가를 받는 한국이 먼저 선제공격을 했다.

이 때문에 UN은 물론이고, 동북아 정세에 민감한 국가들의 시선이 다시 한번 한반도로 몰렸다.

✳   ✳   ✳

"이런… 미친놈!"

존 바이드 대통령은 안보실장의 보고를 받자마자 곧바로 소리쳤다.

그도 그럴 것이, 그도 정말로 한국군이 중국군을 공격할 거라고는 예상하지 못했기 때문이다.

한국이 북한의 도발에 맞서 무력을 사용해 항복을 받아 낸 것과 이번 중국군에 대한 무력 사용은 그 의미가 완전히 달랐다.

더욱이 미국은 한국과 한미 수호조약을 체결을 하고 있기에 이번 일과 전혀 무관하지 않았다.

아니, 이를 인지한 순간부터 미국은 한국과 함께 움직여야만 했다.

그게 한미 수호조약의 내용이었으니까.

물론 동맹인 한국이 가만히 있던 중국을 먼저 선전포고도 없이 기습 공격을 한 것이라면 상황이 다르기에 조약을 지키지 않아도 됐지만, 이번 일은 그렇지 않았다.

중국 인민 해방군이 북한 측 인사의 요청으로 북한 땅에 들어온 것은 맞지만, 북한은 정전협정 위반을 하고 먼저 남한을 공격하다 역으로 당해 항복을 한 것이었다.

　그로 인해 더 이상 북한이란 나라는 없고, 한반도에는 대한민국이란 나라만이 남았다.

　그러니 북한의 요청으로 들어왔다고는 해도 중국군은 대한민국의 요청대로 순순히 한반도에서 물러나야 만했다.

　그런데 이를 어기고 주둔하던 지역을 중국 땅으로 편입을 시도했다.

　명분은 만주 지역에 살고 있는 조선족을 이유로 들며 한반도도 자신들의 일부라고 떠들었다.

　하지만 대한민국은 이를 허락하지 않았다.

　중국의 명분도 부족하고 당위성도 없는 주장에 대한민국은 3일의 유예기간을 주었다.

　만약 그 시간까지 철군을 하지 않으면 이를 침략 행위로 간주하고 공격을 할 것이라고 말이다.

　그런데 실제로 그 일이 벌어졌다.

　자신들도 믿지 않았고, 당사자 중 하나인 중국 정부도 한국의 이런 통보를 믿지 않았다.

　설마 한국이 자신들을 공격하겠냐는 자만이 불러온

결과였다.

"그래서 어떻게 되고 있다고?"

보고를 받은 존 바이드 대통령은 일단 정신을 수습하고 동맹인 한국의 상황에 대해서 물었다.

"그게……."

"그게 뭐?"

안보실장이 보고를 하다 말고 당황해하는 모습에 마음이 급해진 존 바이드 대통령이 다그치 듯이 되물었다.

"그게… 한국의 제7기동군단이 중국의 북부전구 제78집단군 예하 기갑여단들을 일방적으로 사냥하고 있다고 합니다."

"사냥?"

안보실장의 단어 선택에 이상함을 느낀 존 바이드 대통령은 다시 한번 물었다.

그런 대통령의 질문에 안보실장은 굳은 표정으로 다시금 대답했다.

"그렇습니다. 한국의 제7기동군단 소속 기갑부대는 중국군을 상대로 전투가 아닌 사냥을 하고 있다고 합니다."

"음… 국방 장관 들어오라고, 아니, 안보회의 소집해."

한반도에 벌어진 한국과 중국의 전투를 두고 국방 장관에게 자세한 보고를 들으려 했던 존 바이드 대통령은 국방 장관만 부를 것이 아니라 안보회의(NSC)를 소집해야겠다고 생각했다.

"국가정찰국(NRO) 국장도 들어오라고 해."

그도 상황이 무언가 심상치 않게 돌아가고 있다는 걸 느낀 것이었다.

*   *   *

미국이 안보회의까지 소집을 하며 난리를 치고 있는 이때, 또 다른 곳에서도 그와 비슷한 상황이 연출되고 있었다.

"바실리, 자네 예상대로 결국 한국이 칼을 빼 들었군."

러시아의 절대자인 블라디미르 푸친은 느긋한 모습으로 의자에 앉아 자신의 오른팔인 MGB의 대장, 바실레비치를 보며 입을 열었다.

"그런데 말이야, 어떤 근거로 그런 판단을 한 것인가?"

푸친은 오른팔의 예상처럼 한국이 중국의 행사를 두고 보지 않고 공격한 것에 대한 근거를 물었다.

"그런 판단을 내린 근거는 첫째……."

"첫째?"

"그들의 힘이 쌓일 대로 싸여 있었기 때문입니다."

바실레비치는 MGB에서 수집한 각종 정보들을 토대로 한국의 움직임을 예측했다.

"흠, 힘이 쌓일 대로 싸여 공격을 했다라… 첫 번째가 있으니 두 번째 이유도 있겠군."

"그렇습니다. 두 번째 이유는……."

러시아 정보부의 정보 취득 및 분석 능력은 미국의 대표적인 정보 조직인 CIA에 못지않은 능력을 보유하고 있었다.

그렇기에 이들이 취합한 정보들의 질은 두말할 것도 없었다.

"한국인들은 결코 얌전한 이들이 아닙니다."

"얌전한 이들이 아니다?"

"예, 그렇습니다. 러시아 땅에 살고 러시아인이 된 까레이스키(고려인)들을 보면 그들의 기질을 알게 될 것입니다."

"그렇지……."

러시아의 절대자인 푸친도 까레이스키에 대한 정보는 알고 있었다.

그 또한 옛 소련 시절 KGB에 소속되어 있던 터라 각

민족들에 대한 동향도 잘 알았다.

소련 시절, 그들은 다른 지역의 민족보다 부지런하고 강인하여 무척이나 부유하게 살았다.

하지만 스탈린에 의해 강제로 살던 지역을 벗어나 중앙아시아로 이주를 하여 큰 고난을 경험했다.

그런데 그런 와중에도 민족적 기질을 잘 살려 새로운 지역에서도 그들만의 공동체를 이룩하였고, 또 지역에 잘 흡수가 되어 그곳에서도 두각을 나타냈다.

푸친도 인정하는 몇 되지 않는 사람들이 바로 한국인들이고, 대러시아에 살고 있는 까레이스키들이었다.

지금도 러시아 공화국 내에 상당한 영향력을 가지고 있는 집단 중 하나였기에 인정을 하지 않을 수가 없었다.

"역사적으로 따져 봐도 그들과 척을 지고 잘된 나라가 없습니다."

바실레비치는 역사까지 들먹이며 한반도에서 벌어진 전쟁과 연관 지었다.

"하긴, 파워슈트나 스카이넷이라는 MD체계는 놀라웠지."

푸친은 조용히 바실레비치의 이야기를 듣고 있다 혼잣말로 중얼거렸다.

"그뿐만이 아닙니다. 정보부에 들어온 정보를 보면,

그것들 말고도 엄청난 비밀 무기가 더 있다고 합니다."

"뭐? 또 뭘 개발했다는 건가?"

지금도 충분히 놀라울 지경인데, 그보다 더한 무기가 있다는 말에 깜짝 놀란 푸친히 다급히 물었다.

그러자 바실레비치는 차분한 어조로 말을 이어 나갔다.

"일단 육군의 무기 중 육군의 꽃이라 불리는 초장거리포가 있습니다."

"초장거리포? 그 300㎞까지 사거리 연장을 했다는 그것 말인가?"

푸친도 들은 것이 있는지 155㎜ 사거리 연장탄에 대해 언급했다.

"아닙니다. 방금 제가 말씀드린 건 사거리 1,000㎞에 이르는 초장거리포에 관한 이야깁니다."

"허!"

이야기를 듣던 푸친은 탄성을 내뱉을 수밖에 없었다.

솔직히 사거리 300㎞도 놀라운 건데, 그것의 세 배나 더 능가하는 1,000㎞라니.

이건 미사일의 사거리와도 맞먹는 수준이었다.

"1,000㎞라니, 그건 완전히 미사일이잖아?"

급기야 생각하고 있던 것을 입 밖으로 꺼내고 말았다.

"그렇습니다. 더욱이 구경이 무려 230㎜나 되는 엄청 난 괴물입니다."

"그럼, 그런 괴물 초장거리포가 몇 문이나 있다는 건 가?"

너무도 엄청난 괴물의 존재를 알게 된 푸친은 수량은 어떻게 되는지에 대해서 물었다.

숫자라도 적으면 조금이나마 안정이 될 듯싶었기 때 문이다.

하지만 또 다른 한편으로는 대포를 사랑하고, 대포 성애자인 한국의 국방부를 생각해 보면 결코 적은 수량 은 아닐 것이란 생각이 들기도 했다.

아니나 다를까, 바실레비치가 하는 말에 푸친은 온몸 에 힘이 빠졌다.

"초기 견인포로 제작된 수량이 200문이고, 뒤에 차 륜형 자주포로 개량된 수량이 400문이라 합니다. 또……."

견인 곡사포로 200문에 차륜형 자주포가 400문이란 소리에 푸친은 할 말을 잃어버렸다.

그런데 그게 끝이 아니었다.

"한국은 이 신형 초장거리 자주포를 육군에서만 운용 하는 것이 아닌 해군용으로도 개량을 추진하고 있다 합 니다."

"해군?"

한국 해군이 230㎜ 포를 가지고 싶어 한다는 말에 푸친은 의문이 떠올랐다.

그도 그럴 것이, 근대도 아니고 함포라니…….

좀처럼 한국 해군의 생각을 이해할 수 없었다.

하지만 바실레비치의 설명을 듣고는 고개를 끄덕일 수밖에 없었다.

"함포가 사라진 이유를 생각하시면 이해가 빠르실 겁니다."

"함포가 사라진 이유?"

함포가 사라진 이유를 언급하는 바실레비치의 말에 푸친은 잠시 아무 말 없이 깊은 생각에 빠졌다.

그리고 얼마 지나지 않아, 함포가 사라진 이유를 떠올리게 되었다.

"사거리……."

"그렇습니다. 대포의 사거리 한계와 미사일의 개발로 해군에선 연안 지원용 무장인 함포 한 문만 남기고 대부분의 장거리 공격용 무장으로 미사일을 채택했습니다. 그로 인해……."

해군에서 함포가 사라진 이유에 대해 보충 설명을 하는 바실레비치와 그의 이야기를 경청하고 있는 푸친이었다.

‘허허허, 21세기에 또다시 함포가 등장을 하다니……'

한 발 당 몇 십억에서 몇 백억씩 하는 미사일에 비해 포탄의 가격은 비교가 불가능했다.

물론 위력적인 측면에서는 차이가 날 수밖에 없지만, 그래도 가격을 무시할 순 없었다.

게다가 한 척의 군함이 무장을 하는 데에는 한계가 분명했다.

아무리 많은 무장을 해도 미사일을 탑재한 군함은 300발도 싣지 못했다.

세계에서 가장 커다란 군함 중 하나인 러시아의 키로프급 미사일 순양함의 경우, 그 별명이 미사일 공장이라 불리는데, 키로프급 미사일 순양함의 무장 중 대함 미사일인 P—700 20발, 대공 미사일 S—300F 96발, 9M311 216기를 가지고 있었다.

미국에서는 화력지원을 위한 미사일 전함(아스널 쉽)을 구상하기는 했지만, 사실 이것은 구상에 그치고 말았다.

이는 운용비용은 물론이고, 당시 항공모함을 지지하는 해군의 분위기 때문에 정치적으로 밀려 사장이 되었다.

이에 한국 해군도 한때 미국이 고심하던 아스널 쉽을

축소한 규모로 구상을 했지만, 비슷한 이유로 폐지가
되었다.

하지만 함포, 그것도 1,000㎞의 초장거리 사거리를
가진 함포라면, 굳이 미사일을 잔뜩 싣고 방어력이 약
한 아스널 쉽보단 훨씬 경제적이고 또 충분한 화력지원
이 가능할 것으로 보였다.

"그래서?"

푸친은 이야기를 듣자 뭔가 다급해졌다.

"성공했나?"

대포가 완성이 되었다고 그것을 함포로 개량을 하는
것은 쉬운 일이 아니었다.

그도 그럴 것이, 육지에서 사용하는 것과 소금기 가
득한 바다에서 사용하는 물건이 같을 수는 없었기 때문
이다.

그만큼 바다에서 사용할 물건에는 방염 처리를 해야
운용이 가능했다.

"세 척이 이미 건조가 되어 운용 테스트를 하는 것으
로 알려졌습니다."

"허!"

운용 테스트에 들어간 상태란 말에 푸친은 그저 허탈
한 탄성을 지를 뿐이었다.

"그런데 이건 믿거나, 말거나 하는 내용인데……."

이번에는 바실레비치가 확신이 아닌 뭔가 애매모호한 말을 하며 말끝을 흐렸다.

"또 뭐가 있는 건가?"

"정확한 정보는 아닌데… 한국에선 해군용으로 새로운 개념의 원자로를 개발해 시험 중이라 합니다."

"응? 새로운 원자로?"

"아닙니다. 신개념 원자로로 기존의 우라늄이나 플루토늄이, 아닌, 보다 안전한 토륨을 이용한 원자로라 합니다."

어떻게 알아냈는지 바실레비치는 SH인더스트리에서 개발한 토륨을 이용한 아크원자로에 대해 보고를 하였다.

사실 토륨 원자로는 미국뿐만 아니라 러시아도 오래 전부터 연구를 해 오던 원자로였다.

다만, 토륨이 우라늄이나 플루토늄에 비해 폭발력이 강하지 않아 효율이 좋지 못해서 군용으로는 사용하지 못하고 있었다.

그런데 지금 바실레비치는 한국이 자신들도 완성하지 못한 토륨 원자로를 개발해 군용으로 사용 테스트를 하고 있다는 확실치 않은 정보를 내놓았다.

'음, 파워슈트, 초장거리포, MD체계… 거기다 신개념 원자로라니.'

바실레비치의 이야기를 모두 들은 푸친의 머릿속은 무척이나 복잡하게 굴러갔다.

이미 믿기지도 않을 혁신적인 무기들을 개발한 대한민국이라면, 어쩌면 신개념 원자로의 개발도 사실일지도 몰랐다.

한두 가지도 아니고 육해공 모든 분야에서 자신들을 앞서가는 신무기들이 한국에서 개발이 되어 양산을 앞두고 있었다.

이 중 몇 개는 이미 양산에 들어가 실전에 배치가 되어 있어 푸친을 더욱 두렵게 만들었다.

하지만 이것도 푸친이 놀랄까 봐 모두 보고하지 않았다는 것을 알면 푸친은 어떤 표정을 지을까?

'더 이상 보고를 했다가는 뭔가 사단이 날 수도 있겠군.'

바실레비치는 너무 많은 것을 푸친이 알게 된다면 한국에 반감을 가질지도 모른다는 생각에 더 이상의 보고는 생략했다.

자신보다 못하던 상대가 상황이 나아져 몇 가지 나보다 좋은 것을 가지고 있을 때는 그리 크게 반감을 가지지 않는다.

하지만 몇 가지가 아닌, 거의 대부분의 형편이 나아졌다고 생각했을 때는 극심한 질투심을 느끼며 상대를 비방하거나 반하는 행동을 한다.

그것이 잘난 사람이건, 그렇지 않은 보통 사람이건 그것은 인간의 본능이기에 이는 어떻게 막을 수가 없는 일이었다.

그리고 푸친은 결코 성인이 아니었다.

세계에서 몇 되지 않는 절대 권력을 가지고 있는 사람으로서 자신보다 더 난 사람을 혹은 나라를 보게 된다면 결코 이를 좌시하지 않을 것이었다.

그러한 생각에 바실레비치는 굳이 한국과 아니, 정확하게는 이런 상황을 만든 한국의 누군가를 생각하며 보고를 멈췄다.

*　　　　*　　　　*

쾅!

"왕빠단!(王八蛋. 쌍놈의 자식)"

중국의 주석인 진보국은 탁자를 내리치며 고함을 고래고래 질렀다.

그도 그럴 것이, 예상 밖의 일이 벌어졌기 때문이다.

더욱 그 일은 전적으로 자신의 실책으로 벌어진 일이고, 손실이었기에 더욱 화가 났다.

"그동안 뭐 하고 있던 거야!"

화가 난 진보국은 주변을 둘러보며 계속해서 고함을 질렀다.

이는 자신이 내린 결정이 잘못된 결과를 냈다는 것을 덮기 위해 다른 사람에게 전가하기 위한 사전 작업이었다.

인민 한두 명이 희생된 것도 아니고, 인민 해방군의 최정예 중 하나인 기갑부대가 전멸을 했다.

거기다 장비는 모두 파괴되거나 노획이 되었고, 부대에 속한 병사들은 죽거나 포로가 되어 버렸다.

그런데 더욱 기가 막힌 것은 자신들에 비해 적의 숫자가 훨씬 적었다는 점이다.

한국 육군의 제7기동군단이 아시아 최강 내지는 최정예라 불리기는 했지만, 그래도 그건 자국군의 사기를 고조시키고 국민들을 안심시키기 위한 선전이라고만 생각했다.

물론 한국의 제7기동군단이 보유한 장비가 우수하다는 것은 진보국 또한 익히 들어 알고 있었다.

하지만 질이 조금 우수하다 해도 자국 인민 해방군의 장비 또한 이제는 많이 발전을 하여 서방세계의 그 어느 MBT(주력 전차)에 비해 뒤지지 않는다고 여기고 있었다.

더욱이 상대는 자신들보다 작은 소국이지 않은가.

그래서 무시를 한 것이었는데, 막상 뚜껑을 열어 보니 그게 아니었다.

"자세히 보고를 해 봐! 어떻게 되었다고?"

도저히 믿을 수 없는 현실에 억지로 부정하고자 진보국은 재차 물었다.

이에 주레이신은 조심스럽게 입을 열었다.

"240여 대의 전차와 장갑차가 파괴가 되고, 100여대의 전차와 장갑차가 한국군에 넘어갔습니다."

300여 대가 넘는 전차와 장갑차는 북부전구의 78집단군이 보유한 거의 대부분의 전차와 장갑차의 숫자였다.

그런데 그 모든 것들이 파괴되거나, 노획되었다는 보고에 진보국은 황당하다는 기색을 결코 감출 수가 없었다.

"겨우 소국 따위에 우리 위대한 인민 해방군이 패전을 했다니……."

"……."

주레이신은 차마 입을 열 수가 없었다.

이런 분위기 속에서 입을 열어 봤자, 돌아오는 것은 결국 호통뿐일 테니까.

"그럼 한국은? 한국의 피해는 얼마나 되지?"

대국인 자신들이 이렇게나 엄청난 피해를 입었으니

대한민국도 비슷한 피해를 입지 않았겠냐는 뜻으로 묻는 것이겠지만.

들려오는 대답은 진보국을 더욱 황당하게 만들 뿐이었다.

"그게… 한국군의 피해는 거의 전무한 것으로 전해집니다."

전투의 결과가 너무도 일방적이고, 전투 후 본국에 들어온 정보가 없다 보니 정확한 피해나 전과에 대해 알 수가 없었다.

다만, 한국에 주재한 주중대사관을 통해 들어오는 소식은 존재했다.

"전무? 지금 전무라 했어? 어떻게 그럴 수가 있어!"

이야기를 들은 진보국은 도저히 자신의 상식으로는 이해할 수 없었다.

그리고 그건 회의실 안에 있는 다른 상무위원들 또한 비슷한 생각이었다.

한국군이 강할 것이란 건 예상하고 있는 일이었다.

한국은 무려 80년 가까이 북한과 대립을 하고 전쟁을 대비하던 나라다.

자체적으로 무기도 개발하고 실전과 같은 훈련도 많이 하는 강국이었다.

뿐만 아니라 개발한 각종 군사 장비와 무기들은 명품

으로 불리며 세계 곳곳에 팔려 나갔다.

그중에는 자신들의 나라와 국경을 맞대고 대립을 하는 나라도 있었고, 한때는 미국과 함께 세계를 호령하던 러시아와 국경을 맞댄 국가들도 많았다.

그렇지만 이건 아니었다.

아무리 장비가 우수하고 훈련이 잘 되어 있다고 해도, 어디까지나 한계가 있는 것들이었다.

현대 전쟁이 양을 무시할 수 있다고는 하지만, 그것도 핵무기와 같은 대량 살상 무기를 두고 하는 소리였지, 재래식 병기를 가지고 싸우는 전투에선 그런 일이 벌어질 수가 없었다.

'혹시 한국이 우리 몰래 핵무기를 사용한 것은 아닐까?'

자리에 있던 상무위원들은 터무니없는 생각을 하였다.

그렇지 않고서는 도저히 설명이 되지 않는 일이었기 때문이다.

"설마 한국이 대량 살상 무기를 사용한 건가?"

상무위원 중 한 명이 물었다.

"아닙니다, 한국은 대량 살상 무기를 사용하지 않았습니다."

"그럼, 미군이……."

한국군은 대량 살상 무기를 사용하지 않았다는 답변에 또 다른 상무위원이 주한미군을 언급하려고 했다.

하지만.

"그것도 아닙니다."

하지만 장진호 전투에서는 주한미군은 참가하지도 않았기에 주레이신은 거듭 아니란 대답을 하였다.

"아니, 그렇다면 어떻게 우리 인민 해방군이 일방적으로 그런 참패를 겪고 포로가 된다는 거야!"

이야기를 듣고 있던 진보국이 또다시 화를 냈다.

국가주석이자 중앙군사위 주석인 진보국의 호통에 주레이신이 다급하게 대답을 했다.

"소문으로만 들리던 한국의 4세대 전차인 K—3가 이번 장진호 전투에 투입이 되었다는……."

"뭐? K—3? 그거 한국이 퍼뜨린 헛소문 아니었나?"

K—3 전차가 전투에 사용이 되었다는 주레이신의 이야기에 대량 살상 무기를 언급했던 상무위원이 의아하다는 기색으로 물었다.

한국의 4세대 전차인 K—3 전차에 관한 소문은 오래전부터 있어 왔다.

이는 3.5세대 전차인 K—2 전차를 개발했음에도 불구하고, K—1 전차처럼 대량생산을 하지 않고 300여 대의 양산만으로 그쳤기 때문이다.

그 때문에 항간에는 무수한 루머가 양산이 되기도 했다.

그러다 언제부터인가 한국이 K―1 전차 양산보다는 본격적인 4세대 전차를 연구하고 있다는 소문이 돌기 시작했다.

그런데 이상한 것은 이런 소문에 대해 한국 정부는 이렇다 저렇다 답변을 내놓지 않았다.

그러다 보니 한국이 4세대 전차를 개발하고 있다는 소문이 더욱 무성해진 것이었다.

그리고 이런 소문은 국내 언론이나, 매체보단 외국의 언론과 매체들이 더욱 깊숙이 관여를 했다.

그런데 문제는 지금 소문만 무성하던 한국의 4세대 전차가 지금 여기서 언급이 되었다는 것이다.

"1,500마력짜리 파워팩 하나 제대로 만들어 내지 못하는 한국이 어떻게……."

말을 꺼낸 상무위원은 K―2 전차의 파워팩 비화를 언급하며 나직이 중얼거렸다.

"한국은 K―3 전차에 독일도 아직 성공하지 못한 140㎜ 전열화학포를 무장하였다고 합니다."

"전열화학포?"

생소한 단어가 나오자 진보국이나, 상무위원들의 표정이 이상하게 변해 갔다.

이에 주레이신은 자신이 알고 있는 전열화학포에 대한 내용을 설명하였다.

그리고 이런 주레이신의 설명을 모두 들은 진보국과 상무위원들의 표정이 상당히 일그러졌다.

그도 그럴 것이, 한국의 신형 전차가 채택을 했다는 전열화학포에 대한 연구는 자신들도 하고 있던 것이고, 세계에서 유일하게 한국만이 성공을 했기 때문이다.

"미국과 독일, 프랑스에서 연구 자료를 빼 오고는 있긴 하지만, 아직까지 우리의 수준이 그 정도까지 미치지 못하였기에 현실적으로 당장 한국처럼 실전에 배치할 수는 없습니다. 다만……."

"다만?"

"99식 전차의 주포의 화력을 지금의 수준에서 서방세계 3세대 전차만큼은 충분히 올릴 수 있을 것으로 보입니다."

한국이 개발한 140㎜급 전열화학포에 비할 수는 없지만, 현존하는 서방세계의 3세대 전차 즉, 120㎜ 활강포만큼의 전차포 위력을 보일 수 있다는 소리에 진보국이나 여타 상무위원들의 표정이 밝아졌다.

그도 그럴 것이, 러시아나 자신들의 전차포 구경은 서방세계의 전차포에 비해 5㎜가 더 큰 125㎜였다.

그런데도 전차포의 위력은 서방세계의 120㎜보다 떨

어졌다.

그런데 이를 극복할 수 있다는 보고에 기쁨을 감출 수가 없었다.

다만, 중국제 전차의 문제는 화력만의 문제가 아님을 이들은 아직도 깨닫지 못하고 있었다.

"그럼 어서 빨리 그걸 99식에 이식해."

신형 주포를 탑재하면 한국에 복수를 할 수 있을 것 같았기에 진보국 주석이 명령을 내렸다.

"알겠습니다."

이들은 지금 99식의 전차포만 자신들이 연구한 신형 전열화학포를 가져다 붙이면 충분히 상대가 가능할 것 이라 예상하고 있었다.

그렇지만 대한민국의 전차들은 이미 몇 년 전부터 신형 장갑제가 개발이 되어, 방어력 업그레이드를 마친 상태.

하다못해 뒤로 물러난 K—1 계열의 전차들도 신형 장갑은 물론이고, 현대의 대전차 미사일의 파괴력을 견 뎌 내기 위해 소프트 아머까지 만들어 장착을 해 놓았 다.

그러한 사실을 알지 못하는 이들이었기에 이렇게 희 망찬 망상에 빠져 있을 수 있었다.

그런데 이들의 악몽은 이번 장진호 전투만이 끝이 아

니었다.

대한민국 육군 제7기동군단은 장진호에 주둔한 중국 북부전구 제79집단군 기갑 전력과 전투를 마치고, 신의주 방면에 들어온 제78집단군, 그리고 함경북도 북부에 진입한 제80집단군을 공격하기 위해 움직이고 있는 중이었다.

뿐만 아니라 아직까지 휴전선 이남에 있던 230㎜ 초장거리 곡사포 부대와 차륜형 자주포 부대는 부대 이동을 하지 않은 상태로, 육군본부의 명령이 내려오길 기다리고 있었다.

만약 중국 인민 해방군을 상대로 전투를 벌일 육군 제7기동군단에서 화력지원 요청이 들어오면 바로 화력지원을 하기 위해서 말이다.

사실 화력지원에는 대한민국의 자랑이 K—9 썬더로 충분했다.

하지만 아직 북한 지형이 익숙하지 않은 K—9 자주포 부대는 중국과의 본격적인 전쟁을 위해 아직까지 안전을 우선시하며 이동을 하고 있었다.

아무리 300㎞ 사거리의 신형 장거리 포탄이 있다고는 하지만, 중국과 본격적인 고토 회복 전쟁이 시작된 것도 아닌, 북한 내에서의 전투였기에 포탄을 아끼려는 것이기도 했다.

사실 K—3나 제7기동군단의 기갑 전력만으로도 북한 지역에 들어온 중국 인민 해방군을 초토화시킬 수 있었기에, 포탄을 낭비할 이유는 전혀 없었다.

9. 서해 교전

관화빙 주한 중국 대사는 심각한 표정이 되어 초조하게 누군가를 기다리고 있었다.

그런데 그의 표정을 보면 여러 가지 복합적인 얼굴이 자리를 누비는 중이었다.

화가 난 듯도 하고 또 당황한 빛도 보이며, 또 한편으로는 적잖은 두려움 또한 보여 주었다.

양립하기 힘든 복잡한 심상이 그의 얼굴 가득 채우고 있는 것이었다.

주한 중국 대사인 그가 이런 표정으로 누군가를 기다리는 것은 참으로 이례적인 일이었다.

대국의 대사라는 직위로 그동안 외교가에서 한껏 어깨에 힘을 주고 다녔는데, 요 며칠 그의 행색은 솔직히 말이 아니었다.

한국이 북한과의 무력 분쟁으로 첨예한 대립을 할 때도 그는 한국 정부에 큰소리를 치며 양보를 하라면서 강하게 압박을 했다.

그러다 북한이 한국에 흡수통일이 되어 버리자, 이번에는 좋은 것이 좋은 것이라면서 중국 인민 해방군이 주둔한 지역까진 중국에 넘기고, 한국 정부는 그 밑 지역까지만 통일한 영토로 인정을 하겠다는 이상한 논리를 펼쳤다.

마치 자신의 땅을 주듯 선심을 쓰는 것처럼 말이다.

하지만 이는 대한민국 정부가 들어줄 수 없는 요구였다.

아니, 처음부터 얼토당토않은 억지에 지나지 않았다.

눈에는 눈 이에는 이라고, 한국 정부는 그러한 주장을 하는 관화빙 주한 중국 대사를 상대로 그럼 중국에 독립을 원하는 자치구를 독립을 시키라고 맞받아쳤다.

그런데 그렇다고 해서 100% 억지만은 아닌 게, 현재 중국의 자치구 중 중국공산당으로부터 독립을 요구하는 자치구가 꽤나 많았다.

독립을 가장 요구하는 자치구들 중 대표적인 곳이 바

로 티벳이 있는 서장 자치구와 위구르족이 있는 신장이 었다.

그러나 중국은 그들을 가만히 내버려 둘 위인들이 아니었다.

티벳은 비폭력 독립운동을 펼쳤으나, 중국은 독립운동가들을 잡아 극형을 처하거나, 장기이식 재료로 사용하는 등 반인륜적인 행동으로 취했다.

뿐만 아니라, 한족과 티벳 여성을 강제로 결혼시켜 티벳 인국을 억지로 줄이려는 정책을 펼치기도 했다.

그야말로 후안무치한 이들이 아닐 수 없었다.

이에 평화적인 방법으론 독립을 이루지 못한다는 판단 하에 무장봉기를 시작한 것이다.

그런데 이런 무자비한 정책은 비단 티벳에서만 일어나는 일이 아니었다.

독립의 움직임이 보이던 중국 내 모든 자치구에서 이러한 정책이 실행이 되었다.

티벳 자치구를 시작으로 신장 위구르 자치구, 내몽고 자치구, 광시장족자치구 등 대부분의 씨족이 많이 모여 사는 자치구에는 하나같이 이런 비인륜적인 민족말살 정책과 자치구 내 토지 등의 재산을 형성하여 영향력을 발휘할 수 있는 모든 수단을 막아 버렸다.

이 때문에 많은 중국 내 자치구에서 독립운동이 이루

어지고 있었는데, 한국은 그런 중국 정부가 가장 민감하게 생각하고 있는 점을 언급한 것이었다.

이 때문에 관화빙 주한 중국 대사는 불같이 화를 내며 회담장을 뛰쳐나왔다.

그게 바로 불과 사 일 전의 일이었다.

그런데 불과 몇 시간 전, 관화빙 주한 중국 대사는 충격적인 소식을 듣게 되었다.

사 일 전 회담장을 뛰쳐나올 때만 해도 감히 소국이 대국을 상대로 건방지다 생각을 하고 있었는데, 겨우 나흘 만에 상황이 역전이 되어 버리고만 것이다.

북한 지역에 주둔하던 중국의 정예부대인 북부전구의 79집단군 예하 기갑여단들이 크나큰 참패를 당했기 때문이다.

유명한 중국의 병서에는 이런 말이 있다.

승패는 병가지상사다.

이 말의 뜻은 싸움에는 성공과 실패가 흔하니 그 결과에 너무 집중하지 말고 마음가짐을 다스리는 것이 더 중요하다는 뜻이다.

하지만 현대전에서 그 뜻이 좋다고 해서 마냥 받아들일 수는 없는 일이었다.

한 번의 승패로 나라의 국운이 뒤바뀔 수도 있는 일이고, 또 예전 창과 칼로 싸우던 때와 다르게 현대의 전쟁은 해당 나라간의 1:1 전쟁이 아니란 것이 문제였다.

현대의 전쟁은 비단 전쟁을 치르는 두 국가 간의 이해관계만이 아닌 국제적 이해관계가 엮인 경우가 대부분이었다.

그 과정에서 이득을 취하기 위해 이합집산을 하여 전쟁을 하다 보니 큰 전쟁으로 확대되기도 했다.

이번 전투도 그랬다.

만약 중국군이 승리를 했다면 상관이 없겠지만, 아쉽게도 인민 해방군이 일방적으로 한국군에 밀렸다.

아니, 정확하게 이야기를 하자면 패전을 했고, 그 과정에서 수많은 장비들이 파괴되고 노획이 된 것은 물론이고, 병사들마저 많은 수가 한국군에 포로로 붙잡히고 말았다.

관빙화 주한 중국 대사는 그것들을 어떻게든 해결을 하기 위해 대한민국 정부와 대화를 시도하려고 발바닥에 땀이 나도록 뛰어다녔다.

하지만 대한민국 정부는 그런 관빙화 중국 대사를 절대 만나 주지 않았다.

그건 이제는 무력으로 자신들의 뜻을 관철시키겠다는 표현이나 마찬가지였다.

관빙화 중국 대사는 그런 한국 정부의 말에 속으로는 비웃었지만, 어찌 되었든 많은 수의 인민 해방군이 한국군에 포로로 잡혀 있는 상황.

주한 중국 대사로서 그의 업무가 이들을 무사히 본국으로 귀국을 시키는 일이었기에 어쩔 수 없이 한국 외교부를 찾을 수밖에 없었다.

그렇지만 한국 정부의 입장에서도 중국 정부가 항복을 하지 않고 있는데, 자칫 또다시 전쟁에 동원이 될 것이 분명한 적군 포로를 보상을 하겠다는 말 몇 마디만 듣고 풀어 줄 수는 없는 문제 아니겠는가.

그래서 대한민국 정부는 관빙화 중국 대사에게 일관된 한국 정부의 뜻을 전달했다.

항복 선언을 하고 이번 전투의 책임이 모두 중국 정부에 있음을 세계에 알리고 그에 대한 보상을 하라는 것.

물론 이런 한국 정부의 제안을 본국에 전달할 수는 없는 문제였다.

만약 이런 내용을 본국에 보냈다가는 곧바로 숙청이 될 것이 분명했기 때문이다.

대국에 겁 없이 덤빈 소국에 대국의 힘을 보여 주어야 한다는 강경파들이 대세인 중국 정부였다.

그런 속에서 홀로 덤터기를 쓸 이유는 전혀 없었다.

그저 자신이 대사로서 일을 하고 있다는 것만 정부에 전달하는 것이 관빙화의 목적이었다.

＊　　　＊　　　＊

검푸른 저녁 바다.

해안에서 수십㎞ 떨어져 있다 보니 파도 소리도 전혀 들리지 않았다.

그저 뱃머리에 부딪히는 작은 파도 소리가 간간히 들릴 뿐이었다.

"이수영 병장님!"

"왜?"

"저녁 먹을 때 뉴스를 보니 북한 지역에서 육군의 제7기동군단하고 중국 애들하고 붙어서 대승을 했다는데, 우린 괜찮을까요?"

정지혁 일병은 저녁 근무를 서면서 본 뉴스를 떠올리며 물었다.

"괜찮긴 시X… 진짜 나 낼 모레면 전역이었는데, 거지 같은 김종은, X같은 중국 새끼들……."

현재 정지혁 일병과 함께 저녁 근무를 서고 있는 이수영 병장의 전역일은 내일 모레였다.

하지만 이수영 병장의 전역은 무기한 연기가 되었다.

그도 그럴 것이, 지금은 전시 상황이었기 때문이다.

북한의 도발로 시작된 제2차 한반도 전쟁은 불과 몇

시간 만에 끝이 나긴 했지만, 그것이 전쟁의 끝은 아니었다.

그렇게 끝났어도 이수영 병장의 전역일은 못해도 몇 달은 뒤로 미루어졌을 건데, 이번에는 북한도 아니고 중국과 전쟁을 하고 있으니.

그러니 이수영 병장이 이렇게 욕을 하는 것도 어찌 보면 당연한 것이었다.

"그래도 이젠 북한이 미사일을 발사거나, 핵무기 실험을 한다고 비상이 걸릴 일은 없지 않겠습니까?"

퍽!

"X발아! 차라리 비상이 걸리는 게 낫지, 지금은 전쟁 중이야! 이 멍청아!"

"아!"

자신의 선임에게 말을 걸던 정지혁 일병은 순간, 자신이 지금 어떤 상황인지 잠시 잊고 엉뚱한 말을 하였다는 것을 깨달았다.

"중국 놈들이 이대로 가만있을 것 같냐?"

이수영 병장은 멍청한 표정을 하고 있는 정지혁 일병을 보며 한심하다는 듯 물었다.

"네?"

하지만 아직까지 분위기 파악을 하지 못하고 멍하니 선임을 보는 정지혁 일병이었다.

그런 후임의 모습에 한숨을 크게 내뱉은 이수영 병장은 차분하게 현 상황에 대해서 설명을 해 주었다.

"네가 알고 있는지는 모르겠지만, 잘 들어. 중국 놈들은 체면을 무지하게 따지는 놈들이야."

"체면이요? 그게 왜요?"

"너도 생각해 봐. X밥이라 생각하던 놈에게 기습을 당해서 한 방 먹었어. 너라면 어떻게 하겠냐?"

설명을 하다 말고 이수영 병장은 자신을 멍하니 쳐다보는 후임에게 물었다.

"어떻게 한단 말입니까?"

"그러니까 예를 들어서, 김일구 이병이 네가 앉아 있는데 갑자기 다가와서 죽빵을 날렸다고 하자, 어떻게 할래?"

이수영 병장은 지능은 좀 떨어지지만 착한 후임인 정지혁 일병을 보며 눈높이에 맞는 예시를 들어가며 말했다.

그러자 기다리던 반응이 튀어나왔다.

"그 새끼를 그냥 둡니까? 감히 선임을 치다니… 내이 새끼를 그냥……."

마치 정말로 후임에게 맞은 것처럼 반응을 하는 정지혁 일병을 보며 이수영 병장이 계속해서 설명을 이어갔다.

"그래, 바로 그거야! 중국 놈들은 이번 일로 가만있지 않을 거라고."

"어? 그럼 우린 X된 것 아닙니까!"

가만히 듣고 있던 정지혁은 뭔가 깨달았다는 듯이 깜짝 놀라며 크게 소리쳤다.

퍽!

"조용히 해, 이 새끼야. 다 깨울 거야?"

이수영 병장은 느닷없이 소리를 지르는 정지혁 일병을 보며 윽박질렀다.

팁!

정지혁 일병은 순간 자신이 무슨 짓을 저지른 것인지 깨닫고는 얼른 두 손으로 자신의 입을 막으며 작게 중얼거렸다.

"시, 시정하겠습니다."

자신을 보며 시정하겠다고 사과를 하는 정지혁 일병을 보며 이수영 병장은 속으로 작게 한숨을 쉬었다.

'하, 이 고문관 새끼. 어떡하냐……'

2년 동안 복무를 하면서 이수영 병장은 많은 사람들을 경험해 보았다.

빠릿빠릿해서 선임들이나, 지휘관들에게 예쁨 받는 A급 병사도 있었고, 잔머리를 굴리며 본인만 편하게 있는 진상도 있었다.

또 말귀를 제대로 알아듣지 못하는 고문관도 경험해 보았다.

하지만 그중 가장 답답한 건 바로 눈앞에 있는 정지혁 일병이었다.

그나마 시키는 일은 잘하기에 어렵고 복잡한 일보다는 단순 노동을 요하는 일만 시키고 있었다.

"잘 들어, 새꺄! 분명 중국 놈들은 육지에서 패배를 했기 때문에 어디서든 그것을 만회하려 할 거야. 어쩌면 이곳으로 쳐들어 올 수도 있단 말이지."

이수영 병장은 굳은 표정으로 이야기를 하며 레이더 화면에 시선을 주었다.

이 두 사람의 근무지는 바로 서해를 담당하고 있는 해군 제2함대 소속의 신형 대구급(FFG—Batch Ⅲ) 호위함인 인천함이었다.

원래 인천함은 초계함(PCC)이였지만, 주변국(중국, 일본)의 해군력 증강에 대응하기 위해 대한민국 해군 또한 이에 맞춰 함선의 배수량을 늘렸다.

물론 그렇다고 해도 1,000t급 초계함에서 2,800t급의 호위함으로 업그레이드 된 정도에 불과해서 국민들에게 그 정도로 되겠냐는 비판을 받기도 했다.

그도 그럴 것이, 중국의 경우 한국의 신형 호위함인 대구급보다 1,000t이나 더 나가는 3,900t급의 054급을 프리깃함으로 사용하고 있었기 때문이다.

하지만 사람들이 모르는 것이 있었는데, 대한민국 해군은 전통적으로 다른 나라를 속이기 위해 군함의 배수량을 속이고 있다는 것이었다.

다른 나라의 군함들은 모두 만재 배수량 즉, 기름과 무장을 모두 갖춘 상태의 배수량을 발표를 하는 것에 비해, 대한민국 해군은 그런 것들이 실리지 않은 군함 자체 배수량만 발표를 해 왔다.

그 예로 대한민국의 최초의 이지스 구축함인 세종대왕함의 경우 배수량이 7,600t으로 알려져 있다.

하지만 한국 해군과 합동훈련을 많이 해 본 미국의 해군 지휘관들이나, 수병들은 이런 세종대왕함의 배수량을 그대로 믿지 않았다.

그도 그럴 것이, 선폭은 자신들의 알레이버크급 구축함보다 1m 작지만, 전장이 154m인 알레이버크급보다 긴 166m인 세종대왕급 구축함이 배수량에서 1,500t이나 더 가볍다는 것을 믿을 수가 없었기 때문이다.

또한 세종대왕 함은 알레이버크급에 비해 과무장을 하는 것으로 유명하기도 했다.

그럼에도 불구하고 배수량이 적다는 것은 말도 되지 않았다.

그런 것처럼 한국 해군의 군함 배수량은 발표한 그대

로 믿으면 안 되는 것이었다.

어찌 되었든 인천함에 탑승한 이수영 병장과 정지혁 일병은 굳은 표정으로 어두운 실내에서 레이더 화면을 주시했다.

혹시나 적이 어둠을 틈타 기습을 할 수도 있었으니 까.

$$* \qquad * \qquad *$$

위웅! 위웅!

스피커에서 경고음이 울렸다.

"무슨 일이지?"

수호는 집중해서 연구를 하고 있었는데, 느닷없이 들려오는 경고음에 연구를 중단하고 고개를 들며 쥬피터에게 물었다.

[마스터, 중국 동해함대의 움직임이 포착이 되었습니다.]

쥬피터는 무슨 일인지 물어보는 수호에게 위성에서 포착된 중국군의 움직임을 알려 주었다.

"그래? 육군이 안 되니 해군을 이용하려나 보군."

쥬피터의 보고에 수호는 나직이 중얼거렸다.

그의 말대로 양강도 장진호 주위에 주둔을 하고 있던 제79집단군 소속 기갑여단들이 별다른 저항도 하지 못하고 괴멸된 것이 불과 하루 전이었다.

어떻게 보면 중국 정부가 자신들의 체면을 위해 발 빠르게 움직인 결과가 아닐 수 없었다.

다른 일 같았으면 패전에 대한 원인 분석이나, 주변 전장 환경 등 여러 가지 상황을 분석하느라 시간이 한참 걸렸을 텐데, 이번에는 그러지 않고 신속하게 대응을 하고 있었다.

막말로 몇 년 전 라다크에서 대규모 전면전은 아니라고는 하지만 하급 부대끼리 전투가 벌어져 중국군 기갑중대 하나가 박살이 나고 JF—17 블록Ⅲ 전투기 두 기가 격추가 되었다.

뿐만 아니라 함께 인도군을 협공을 한 파키스탄 경전차들도 네 기가 완파되고 두 기가 반파가 되어 돌아갔다.

그때 중국 정부는 피해 사실을 축소하는 한편, 패전 원인을 분석하고 책임자 처벌 등으로 시간을 허비했다.

그런데 이번 장진호에서의 전투 결과에 대해선 일절 외부에 알리지 않았고 곧바로 중국의 동해함대를 움직였다.

제2차 장진호 전투의 결과가 너무도 무참했기에 그 사실을 중국 인민들에게 공개할 수가 없었기 때문이다.

그도 그럴 것이, 그렇지 않아도 진보국 주석에 대한

지지율이 사상 최악으로 떨어진 상태인데, 만약 그런 참담한 소식을 전했다가는 그 결과는 보지 않아도 뻔했다.

"해군에 경고를 했나?"

잠시 고뇌에 빠져 있던 수호는 이 사실을 해군에게 알려야겠다는 생각이 들었다.

[아직 전달하지 않았습니다.]

"그럼 바로 해군에 중국 동해함대의 움직임을 알려 줘."

[알겠습니다. 그런데 서해에 있는 2함대만으로는 중국의 동해함대를 막기 어려워 보입니다.]

최신 기술을 이용해 설계를 해서 그런지, 쥬피터의 어휘 능력은 정규 교육을 받은 인간 만큼이나 자연스러워서 눈을 감고 들으면 사람과 대화하는 듯한 느낌을 주었다.

슬레인이 제작한 쥬피터 이전의 인공지능 또한 기존에 개발된 인공지능에 비해 상당히 발전된 형태였지만, 쥬피터의 어휘 능력은 그보다 훨씬 뛰어났다.

"그럼 동해에 있는 1함대도 지원할 수 있게 연결하고, 시험 운행 중인 주몽급 순양전함에도 연락해."

서해를 담당하는 2함대만으로는 중국 동해함대를 막을 수 없다는 이야기에 수호는 별다른 걱정할 것이 없다는 편안한 목소리로 지시를 내렸다.

그런데 한 가지 이상한 것은 수호가 아직 한국 해군에는 정식으로 취역하지 않은 군함을 언급했다는 점이다.

순양전함은 20세기 초중반에 활약을 하다 사라진 군함으로 함포의 시대가 저물고 미사일이 발전을 하면서 군함들이 함포에서 미사일 캐리어로 변경하면서 자연스럽게 사라졌다.

하지만 그러던 순양전함이 21세기에 다시 부활을 했다.

경제적 이유로 값이 싸면서도 장거리에서 공격 및 화력지원을 할 수 있는 수단을 연구하던 끝에 300㎞ 이상의 사거리를 가진 장거리 레일건이 개발이 되면서 연구는 더욱 활발히 진행이 되었다.

시초는 미국이 먼저였지만, 미국은 기술적 한계로 레일건의 연구를 포기하였다.

그런데 수호는 레일건이 아닌 전열화학포로 이를 실현시켰다.

레일건이 포탄 한 발을 발사하는 비용은 저렴하지만, 포를 쏘기 위해 포신의 수명을 너무도 깎아 먹어 사실상 경제적 이득이 없다는 약점을 보이자, 수호와 슬레인은 이를 극복하기 위한 방안으로 육군에서 연구하고 있던 전열화학포를 대안으로 채택을 하고 연구를 진행해 왔다.

그러면서 전열화학포를 위한 전용 초장거리 포탄까지 세트로 연구를 함으로써 사거리 1,000㎞를 달성하게 되었다.

최초는 육군을 위해 개발한 것이었지만, 해군에선 이를 자신들도 사용하기 좋다는 판단 하에 해군용으로도 연구가 지속되었고, 결국 해군용으로 개량이 완료가 된 상태였다.

그것이 바로 3년 전이었고, 해군에서 시험용으로 세 척의 건조 계약을 맺고 당시 SH해양조선에서 건조를 진행하였다.

배수량 21,800t의 거대한 군함을 세 척이나 건조를 하는 일이었기에, SH해양조선 한 곳만으로는 한꺼번에 세 척을 건조하는 것은 불가능했다.

이에 SH 그룹의 회장인 수호가 결단을 내려 한 척은 인근의 미래조선에 일감을 주어 건조를 하였다.

순양전함이라고 하기에는 배수량에서 한참이나 부족했지만, 그럼에도 불구하고 새롭게 건조된 군함의 등급을 순양전함으로 명명한 것은 굳이 근대의 군함 기준에 맞춰 등급을 정할 필요 없이 그 성능으로 함선의 기준을 잡자는 취지에서였다.

실제로 주몽급 순양전함의 배수량은 현존하는 순양함 중 가장 커다란 러시아의 키로프급 핵추진 순양함보다 배수량에서 무려 6,000t 가까이 적었다.

그럼에도 주몽급 군함을 전투 순양함으로 한 이유는 그만큼 주몽의 화력이 키로프급 순양함을 능가한다고 자부했기 때문이다.

230㎜ 쌍렬 함포를 선수에 3렬, 선미에 2열, 총 열 문의 주포를 가지고 있고, 16셀의 한국형 VLS—Ⅱ 발사관에서 발사되는 해군용 현무—5B 여덟 발, 그리고 해궁—2 공대공미사일 서른두 발, 근접 방어 체계 CIWS—Ⅱ 2문, 홍상어 대잠로켓 여덟 기 등, 다양한 전장 상황에서 전투가 가능한 전천후 군함이었다.

이 중 근접 방어 체계 CIWS—Ⅱ 두 문은 나중에 예산이 확보가 되면 레이저 발사기로 교체가 될 예정인 무기 체계였다.

"아! 그리고 혹시 천진에 있는 북해함대도 기습을 노릴 수 있으니, 육군에도 이를 알려 줘."

수호는 중국 해군을 상대로 대한민국 해군에만 이를 맡기지 않았다.

중국 인민 해방군에 비해 대한민국 국군의 숫자나, 장비의 수량은 몇 배나 부족한 상황.

그러니 중국 해군을 상대로 해군만 나서서는 뭔가 부

족한 감이 없지 않아 있었다.

그래서 중국 동해함대를 상대하는 데에 한국 해군의 2함대가 전면에서 맡고 뒤에서 1함대와 시험 운행 중인 주몽급 순양전함 세 척이 백업을 하는 식으로 대비를 하였다.

그리고 혹시나 중국이 동해함대만이 아니라 북해함대까지 동원을 할 수도 있었기에 육지에 있는 육군 포병대의 지원을 받아 막으려는 생각이었다.

육군에는 사거리 3,000km의 현무—5 미사일이나, 다양한 사거리를 가진 현무 미사일들을 가지고 있었고, 사거리 1,000km의 230㎜ 초장거리포, 사거리 300km에 이르는 장거리 포탄을 발사할 수 있는 155㎜ 자주포인 K—9과 K—55 자주포들이 있지 않은가.

모두 합쳐 2,000문이 넘는 포병 전력만 해도 세계 어느 나라의 육군 전력에 뒤지지 않았다.

앞서 말한 것들에서 쏟아지는 화력은 오래 전 북한의 외무상이 떠들어 대던 불바다를 이룰 것이었다.

이정도 화력이면 중국 천진을 기항으로 하는 북해함대가 감히 기지를 벗어날 생각을 하지 못할 게 분명했다.

그도 그럴 것이, 현무 시리즈 미사일이나 230㎜ 초장거리포의 경우 현재 주둔하고 있는 기지에서 언제라도 공격이 가능하였고, 사거리 300㎞의 장거리 탄을 사용하는 자주포들의 경우, 진지를 북한 쪽으로 조금만 이동을 하면 충분히 북해함대를 발해만 밖으로 나오지 못하게 막아 낼 수 있었다.

거기다 한국 해군은 오래 전부터 중국 해군의 움직임을 걱정해 최악의 무기를 서해에 뿌려 두고 있었는데, 그것은 바로 능동적으로 입력된 함선의 음문을 추적해 격침시키는 자항 어뢰였다.

현대는 인공지능이 군사적으로 많이 사용되고 연구되고 있었기에, 한국 해군도 오래 전부터 이런 무인 전투 체계를 연구해 왔다.

물론 이런 분야에서 가장 앞선 나라는 아이러니하게도 현재 대한민국과 전쟁을 벌이고 있는 중국이었다.

원래부터 그런 이 부분에서 강력한 것은 아니었다.

중국은 뒤늦게 연구를 시작했지만, 다른 나라들에 비해 정부의 제재가 있는 것이 아니라 오히려 정부가 주도하는 나라였다.

그래서 각국에서 연구하던 것들을 천인계획을 이용해 정보와 인재들을 빼돌려 연구를 하다 보니 중국이 이런 무인 전투 체계 및 인공지능 군사부문 사용에서 가장 앞서 있었다.

하지만 그것도 몇 년 전부터는 한국에 역전이 됐다.

그렇게 된 어이없는 이유는 중국에 잠시 일이 있어 들린 수호의 옷 주머니에 누군가 그들이 연구하던 것들에 대한 정보가 담긴 USB를 넣어 놓았기 때문이다.

중국 내에서 경쟁 업체가 정보를 빼내다 사고가 났기 때문이다.

그렇게 중국이 가진 기술을 습득한 수호는 그것을 슬레인과 연구를 하여 지금의 SH 그룹을 이룩하였다.

[그렇게 하면 중국 해군이 기습을 하기 위해 움직이더라도 충분히 상대가 가능할 것 같습니다.]

"그래, 그렇게 전해 줘."

[네, 알겠습니다, 마스터.]

＊　　　＊　　　＊

위잉! 위잉!

타다다다!

갑판 위에 사이렌이 울리고 함선에 비상이 걸렸다.

— 비상! 비상! 실전 상황이다. 전 대원들은 각자 위치에 대기를 하기 바란다.

함선에 부착된 스피커에서 경고 방송이 들리고, 이를

들은 장병들은 신속하게 작전 개시 매뉴얼에 따라 구명 조끼를 입고 빠르게 임무지로 향했다.

"이수영 병장님, 실전이라는데요……."

정지혁 일병은 긴장된 표정으로 근무를 서다 말고 울린 사이렌에 놀라 선임인 이수영 병장을 보며 이야기하였다.

"새꺄, 그걸 나한테 말한다고 해결이 되냐?"

근무를 서면서 우려를 하던 것이 현실이 되었기에 이수영 병장도 긴장을 한 것은 마찬가지였다.

덜컹!

두 사람이 근무를 서고 있는 함교의 문이 열리면 누군가 뛰어 들어왔다.

"필승! 근무 중 이상 무!"

이 시간에 함교로 들어오는 사람이라면 사병이 아닌 간부였기에 얼른 뒤를 돌아보며 경례를 하였다.

"새꺄, 근무 중 이상 무는 무슨 이상 무야! 얼른 위치로 돌아가!"

근무를 서던 이수영 병장과 정지혁 일병의 경례를 받은 이는 이들이 보고 있던 레이더 담당 부사관이었다.

"알겠습니다. 수고하십시오."

함교 근무자가 왔으니 사병인 이들은 임무에 맞는 근무지로 돌아가야 했다.

그렇게 레이더 담당 부사관을 시작으로 빠르게 함교의 자리가 차기 시작했다.

＊　　　　＊　　　　＊

"데이터 링크 연결해."

인천함의 함장인 국영수 중령이 명령을 하달하였다.

"데이터 링크 연결!"

　함교에 함장의 명령이 떨어지자 복명복창을 하며 빠르게 전대 간 데이터 링크가 이루어졌다.

　데이터 링크를 함으로써 전장을 효율적으로 들여다보고 정보를 교류해 적은 물론이고 아군의 상황까지 판단할 수 있어 유리하게 전투를 할 수 있었다.

　거기에 대한민국은 해군 함정들끼리만 데이터 링크를 하는 것이 아니라, 우주군의 공중 순양함이나, 공중 프리깃함의 레이더와도 데이터 링크를 할 수 있어 보다 먼 거리를 볼 수 있었다.

　"적 함대의 모습이 보입니다!"

　그냥 자체 레이더로는 보이지 않던 것이 데이터 링크를 하자마자 레이더 상에 적의 모습이 포착되었다.

　"중국 동해함대와 전대와의 거리 208해리!"

　208해리는 km로 계산을 하면 385km가 약간 넘는 거리였다.

이는 다시 말해 중국의 동해함대가 막 기지를 벗어났다는 의미.

레이더를 보고 있던 관측장교는 거리가 가까워질수록 긴장된 목소리로 이를 알렸다.

"거리 200!"

잠시 뒤, 조금 더 줄어든 190해리가 되자 고함을 지르듯 소리쳤다.

"거리 190! 적 함대에서 다수의 미사일 반응이 나타났습니다!"

관측장교는 다급하게 중국 동해함대에서 대함 미사일을 발사했음을 보고하였다.

"우리도 대응을 한다! 미사일 발사!"

먼저 공격을 하진 않았지만, 한국의 제2함대도 이미 중국의 동해함대 군함들을 향해 사격 레이더를 조사하고 있었다.

그러다 중국 해군이 먼저 선제공격을 해 오자, 이들도 맞서 대함미사일을 발사한 것이었다.

그리고 적에게 대함미사일을 발사했으니 이번에 할 일은 적이 발사한 대함미사일을 요격하는 일.

"요격미사일 ON!"

"요격미사일 ON!"

"발사!"

"발사!"

함교에서는 긴장감으로 고요해졌다.

다만, 함장의 명령과 그에 대한 복명복창만이 울려 퍼질 뿐이었다.

*   *   *

상하이, 저우산, 푸젠에 주둔하던 인민 해방군 해군 동해함대는 당의 명령에 따라 힘차게 기지를 나왔다.

위잉! 위잉!

기지를 나와 한반도를 향해 항진을 한 지 불과 10분도 되지 않았는데 경고 사이렌이 울렸다.

이는 허가된 레이더 주파수가 아닌, 다른 주파수에게 자신들이 걸렸다는 소리였다.

"전원 전투 위치로!"

함장의 명령에 인민 해방군 해군 장병들은 긴장된 표정으로 각자의 자리에서 어두운 밤바다 어딘가를 주시했다.

너무도 깜깜해 아무것도 보이지 않았지만, 주변에 울리는 사이렌으로 인해 긴장감이 고조되었다.

"적의 위치는 어떻게 되나?"

구축함 제3지대의 기함인 133함 바오타우의 함장은 고함을 지르듯 자신들의 레이더파를 조사하고 있는 적의 위치를 물었다.

"210해리 떨어져 있습니다."

적과의 거리는 아직 여유가 있었다.

하지만 적이 자신들을 먼저 발견하고 사격 레이더를 조준을 하고 있었다는 것에 저도 모르게 식은땀이 목덜미와 등줄기로 흘러내렸다.

꿀꺽!

레이더 관측병의 보고에 지대장인 바탕레이는 마른침을 삼키면 긴장을 하였다.

그렇지만 또 다른 한편으로는 자존심이 상하기도 했다.

자신들이 한참이나 낮잡아 보는 한국인들이 자신들보다 먼저 자신을 발견해 사격 통제 레이더를 겨누고 있었다는 것에 화가 난 것이었다.

"사거리 들어오면 바로 대함미사일 발사해!"

"알겠습니다."

지대장인 바탕레이의 명령에 관측병은 잽싸게 대답을 하고는 이를 지대에 전달하였다.

그리고 잠시 뒤, 133함 바오터우를 시작으로 132함 쑤저우, 131함 타이위안을 필두로 제3지대에 속한 구축함과 호위함들은 한국 해군 제2함대를 향해 대함미사일을 발사하였다.

쾅! 쾅! 쾅! 쾅!

10. 서해 교전 Ⅱ

쾅!

좌아아아!

커다란 폭발음과 함께 수면 밑에서 커다란 물줄기가 뿜어져 올라왔다.

흔들! 흔들!

중국 인민 해방군 구축함 지대의 기함이라 할 수 있는 052D형 일명 루앙Ⅲ급 구축함 133호 바오타오의 선체가 심각하게 흔들렸다.

"윽! 무슨 일이야?"

133호의 함장이자 제3구축함 지대의 지대장인 바탕

레이 소장은 머리를 부여잡고 자리에서 일어나며 소리쳤다.

느닷없는 충격에 만재배수량 7,800t의 함선이 순간적으로 공중에 떴다가 낙하하는 충격에 함교에 있던 모든 승조원들이 바닥에 쓰러졌다.

"으윽! 기뢰에 당한 것 같습니다."

수중 소나를 관장하던 중사 하나가 바탕레이 소장의 질문에 대답을 하였다.

"아니, 아직 공해도 아니고 우리 해역을 벗어나지 않은 상태에서 어뢰도 아니고 기뢰에 당하다니……."

보고를 받은 바탕레이 소장은 어처구니가 없었다.

물론 영해 내에 적의 기뢰가 살포될 수도 있었다.

하지만 그렇기에는 시간이 부족했다.

그 말인즉슨, 한국이 자신들의 앞바다에 기뢰를 설치할 시간이 없었다는 말이나 마찬가지였다.

그런데 지금 자신들이 당한 것이 기뢰 공격이란 말에 도무지 이해할 수가 없었다.

"혹시… 기뢰가 아니라 적 잠수함의 어뢰 공격은 아닌가?"

조용하기로 정평이 나 있는 한국 해군의 장보고 장수함은 아닐까 하는 생각에 급히 질문을 던졌다.

"잠수함 공격이라면 발사하기 전 어뢰 발사관을 여는

278

신호를 감지했을 것입니다. 하지만… 그런 소나 반응은 없었습니다."

함장의 질문에 후춘잉은 거듭 어뢰 공격이 아니었음을 어필했다.

아무리 조용한 잠수함이라도 공격을 하기 위해선 어뢰 발사관을 오픈해야 하는데, 이때 발생하는 소음은 그 어떤 것으로도 가릴 수 없었다.

그렇기에 잠수함이 가장 취약할 때가 바로 적에게 공격을 할 때였다.

그렇지만 바닷속에 숨어 있을 적 잠수함을 찾기 위해 소나에 모든 정신을 쏟고 있던 후춘잉 중사로서는 그런 신호를 탐지하지 못했기에 자신할 수 있었다.

다만, 어뢰의 모터 소리와 비슷한 음파 신호를 듣기는 했다.

그렇기에 어뢰 공격일 수도 있다는 생각을 하기는 했지만, 최근 기뢰도 예전처럼 한 지역에 고정적으로 설치를 하는 기뢰보단 어뢰처럼 이동을 하면서 스크류 신호에 반응을 하여 능동적으로 활동을 하는 자항성 기뢰가 많이 사용된다는 것을 알고 있었다.

그래서 자신들을 공격한 것이 어뢰보단 자항성 기뢰로 판단을 한 것이었다.

만약 한국의 잠수함에서 발사된 어뢰 공격에 자신들

이 피격을 당했다면, 아무리 7,800t의 052D형 구축함 이었더라도 한 방에 격침이 되었을 것인데, 그러지 않았지 않은가.

어느 정도 피해를 입기는 했지만, 폭발력이 약하다 보니 격침되지는 않았다.

"적 잠수함의 어뢰 공격이었다면, 저희는 살아남지도 못했을 것입니다."

후춘잉은 자신의 판단이 맞다는 듯 거듭 강조를 하였다.

"흠……."

보고를 받은 바탕레이 소장은 잠시 침음을 터뜨렸다.

'그러고 보니……'

생각을 해 보니 그 말이 맞는 것 같았다.

한국은 여러 종류의 어뢰를 개발한 나라였다.

그 때문에 해군 잠수함이 사용하는 어뢰의 종류 또한 여러 종류가 있었다.

범상어 중어뢰의 제원은 길이 6.5m, 중량 1,600kg에 사거리 약 50km.

이런 중어뢰를 정통으로 맞게 됐다면 자신들이 탑승하고 있는 052D형 구축함은 반쪽이 되어 격침이 됐을 게 분명했다.

그렇다면 내릴 수 있는 결론은 바다의 지뢰라 할 수

있는 기뢰뿐이었다.

'그나마 다행이군.'

정말이지 다행이 아닐 수 없었다.

만약 처음 생각한 어뢰의 공격이었다면, 자신은 물론 이고 함선 또한 살아남지 못했을 테니까.

하지만 다행이라고 생각하는 중국 동해함대 제3구축 함 지대장인 그의 불행은 이것으로 끝이 아니었다.

이들은 잠시 잊고 있었지만, 이들이 한국의 제2함대 를 향해 대함미사일을 발사한 것처럼 한국 해군 또한 이들을 향해 신형 대함미사일을 발사했기 때문이다.

마하 3에 이르는 해성2 대함미사일은 순항 모드에서 는 무려 1,500㎞를 날아가는 순항미사일이지만, 해면 에 붙어 낮게 날아가는 씨스키밍 모드에서는 350에서 500㎞를 날아가는 대함미사일이었다.

쾅! 쾅!

"으악!"

기뢰 공격에 대해 보고를 받고 정신을 수습하고 있던 찰나, 바탕레이 지대장이 들은 마지막 폭발음이었다.

첫 번째 폭발음은 함미 부분에서 들린 것이었지만, 두 번째 즉, 마지막으로 들은 폭발음은 함교에서 얼마 떨어지지 않은 곳이었다.

한국 해군이 발사한 대함미사일의 위력도 위력이지

만, 두 번째 명중된 미사일의 위치가 너무도 좋지 않았다.

두 번째 명중된 대함미사일은 133호 바오타오의 선수부에 위치한 수직발사관(VLS)에 꽂혔다.

그 때문에 VLS에 들어 있던 미사일이 유폭이 되면서 동해함대 제3구축함의 기함인 바오타오는 큰 폭발음과 함께 서해 깊은 바다로 가라앉았다.

뿐만 아니라 다른 함선들도 한국의 제2함대가 발사한 CSⅡ(해성2) 대함미사일에 명중이 되어 격침되거나, 대파가 되어 더 이상 전투를 할 수 없는 전투 불능 상태가 되었다.

그에 반해 이들 중국 동해함대의 대함미사일 공격을 받은 대한민국 제2함대의 함선들은 차분하게 막아 내고 있었다.

*   *   *

중국의 동해함대가 한반도를 향해 기지를 나왔다는 보고를 받자마자 신속하게 경고를 울리고 적들을 예의 주시하고 있던 한국 해군 제2함대는 적이 자신들을 향해 대함미사일을 발사하자, 이에 대한 대응으로 마주 CSⅡ(해성2) 대함미사일을 발사하고 적이 발사한 대함미사일을 추적하기 시작했다.

"거리 150, 140, 130……."

레이더 관측병은 중국 해군이 발사한 대함미사일을 추적하고, 대함미사일과 자신들의 거리를 계속해서 보고를 하였다.

"해궁3 발사!"

함대공 방어 체계 1단계에서 발사하는 함대공 미사일인 해궁3 미사일의 발사 명령이 떨어졌다.

사거리 150㎞의 해궁3 미사일은 러시아 대공미사일 기술을 이용해 한국의 방산 업체인 넥스트원에서 개발한 함대공 미사일인 해궁의 사거리 연장 버전이었다.

2중 시커를 채택하여 러시아의 S—300미사일의 목표 추적 능력을 참고했지만, 보다 더 뛰어난 성능을 자랑하는 무기였다.

쾅! 쾅!

두 발의 추적 미사일이 발사가 되고 레이더 관측병은 아군이 발사한 대항미사일의 궤적과 적이 발사한 대함미사일의 궤적을 예의 주시하였다.

곧이어 레이더 화면에 날아오던 적의 대함미사일의 흔적이 사라지고, 아군이 발사한 대항미사일의 궤적 중한 개만 반짝이며 날아갔다.

"적 대함미사일 명중, 적 미사일 명중."

관측병은 흥분을 한 듯 크게 소리쳤다.

"와아아아!"

"계속해서 추적해!"

자신들을 향해 날아오던 중국의 대함미사일이 명중이 되었다는 보고에 함교 내는 축제 분위기가 되었다.

하지만 함장인 국영수 중령은 아주 잠깐 입가에 미소를 지어 보이다가 이내 표정을 굳히며 다시 명령을 하달하였다.

그도 그럴 것이, 아직 중국 동해함대가 자신이 있는 2함대에 발사한 대함미사일이 아직도 많이 남아 있었기 때문이다.

"2번 미사일 추적합니다."

관측병은 국영수 함장의 명령에 얼른 자세를 바로 하고 다시 적의 대함미사일의 궤적을 추적했다.

그러는 동안 다른 제2함대에 속한 군함들에서도 속속들이 중국 동해함대가 발사한 대함미사일에 대한 대응을 하기 시작했다.

하지만 아무리 우수한 기술로 완성된 미사일이고, 미사일 대응 체계라고는 하지만, 적이 발사한 대함미사일을 100% 전부 요격할 수는 없었다.

그 때문에 단계별로 나눠 요격을 하고 있긴 하지만, 이를 통과해 제2함대로 날아드는 미사일들도 존재했다.

"거리 50, 40……."

요격 미사일를 통과해 40 해리 내로 접근한 적 대함 미사일이 나왔다.

"더미 살포!"

"더미 살포!"

국영수 함장은 적의 대함미사일이 100㎞ 내로 접근하자, 대함미사일을 방어하는 또 다른 방어 체계를 가동했다.

그것은 바로 레이더 반사파를 일으키는 구조물을 군함 주변에 살포를 하여, 날아드는 대함미사일에 장착된 레이더 씨커를 교란하는 장치였다.

스텔스와는 반대 개념의 무기 체계로 레이더상에 보다 큰 물체를 보이게 하여 목표를 추적하는 데에 혼란을 주는 방식이었다.

현대의 미사일들은 너무도 똑똑해 목표를 향해 날아가다가도 중간에 목표를 수정하는데, 개발자들은 이때 더 큰 목표를 먼저 타격하게끔 설정을 해 놓았다.

군에서 큰 물체란, 아군에 보다 위협적인 무기라 할 수 있었기 때문에 그런 프로그램을 설정한 것이었다.

그래서 인천함의 함장인 국영수는 직접적인 위협 해소로 요격 미사일을 발사해 중국의 대함미사일을 요격하는 한편, 이를 통과한 미사일을 막기 위해 기만체를 함선 주변에 설치한 것이었다.

그러면서도 함선을 빠르게 기동을 하여 해역에서 벗어났다.

아무리 레이더 파장을 교란하는 더미를 주변에 설치를 했다고는 해도 그것만 믿고 제자리에 있는 것은 요행을 구하는 것이나 마찬가지인 일이었기 때문이다.

그렇게 인천함은 기만체를 설치하고 날아오는 적 미사일이 프로그램을 재설정하는 시간을 피하기 위해 자리를 벗어났다.

그렇게 원래 있던 위치에서 벗어난 인천함은 함선방어의 최후라 할 수 있는 CIWS—II(근접 방어 체계)를 이용해 날아드는 미사일을 요격했다.

꽈라라라라!

30㎜ 게틀링 기관포는 30×173의 탄을 분당 최대 4,200발을 쏟아 내며 괴물 같은 성능으로 날아드는 중국의 대함미사일을 요격했다.

인천함은 그렇게 자신을 향해 날아드는 중국 동해함대에서 발사된 대함미사일을 요격한 것은 물론이고, 아직까지 적의 대함미사일 공격에 노출된 다른 군함을 지원하기 위해 요격 미사일과 CIWS—II를 발사했다.

꽈라라라!

— 천안함 피격! 천안함 피격!

— 평택함 피격!

아무리 요격시스템을 업그레이드 하고 무기 체계를 개선을 했다고 해도, 피해는 어쩔 수 없었다.

시간이 갈수록 중국 동해함대에서 발사된 대함미사일에 피격되는 군함이 나오기 시작했다.

먼저 날아드는 적 대함미사일을 요격하거나, 회피한 아군이 도움을 주어도 중국의 동해함대의 숫자와 제2함대의 함선 수는 몇 배나 차이가 나기에 어쩔 도리가 없었다.

"피격된 함선은 신속히 전투 해역에서 벗어나 기지로 복귀하라!"

다른 전투단이나, 전대에서 피격 소식이 전해지자, 공용 채널을 이용해 국영수 함장은 전투 해역을 벗어나 기지로 회항하라는 명령을 내렸다.

굳이 피격이 되어 전투를 지속할 수 없는 군함들이 해역에 남아 있어 봤자 도움이 되지 않았고, 위험한 아군을 돕기 위해 움직이다가 오히려 다른 군함들도 위험해질 수 있었기 때문에 신속하게 지시를 내린 것이었다.

쩨에엑!

한참 명령을 내리고 있을 때, 국영수 함장의 귀에 대기를 가르는 듯한 날카로운 소리가 들려왔다.

음속을 초과하여 산소가 폭발을 하면서 나는 충격파였다.

"함장님!"

무전을 담당하던 최수형 소위가 다급하게 함장인 국영수를 불렀다.

한창 적과 전투를 하고 있는 상황인데, 느닷없이 자신을 부르는 최수형 소위의 목소리에 신경질적으로 대답을 하였다.

"뭔가?"

"육군 직할 포병대에서 화력 지원이 있을 것이니, 물러나지 말고 지역을 고수하라고 합니다."

"……?"

최수형 소위의 느닷없는 보고에 국영수 함장은 순간 그게 무슨 소린지 판단이 되지 않았다.

하지만 이내 방금 전 말의 뜻을 깨달았다.

솔직히 국영수 함장은 늘어나는 아군의 피해 때문에 전선을 뒤로 물릴 생각을 하고 있었다.

그도 그럴 것이, 너무도 많은 적의 숫자 때문에 막아내는 것에 한계를 느꼈기 때문이다.

그런데 육군의 포병부대에서 화력 지원을 해 준다고

하니 자연스레 미소가 그려졌다.

포병부대에서 화력 지원을 해 준다는 말은 일반적인 포병부대가, 아닌, 2년 전에 새롭게 신설된 육군 직속의 230㎜의 신형 초장거리포를 운영하는 부대를 말하는 것이었기 때문이다.

그 위력이 얼마나 좋은지 해군에서도 도입을 추진하고 있지 않은가.

"좋아! 남은 대함미사일 더 발사하고, 우린 이 자리에서 옥쇄할 각오로 해역을 지킨다!"

＊　　　＊　　　＊

서해 해상에서 중국 동해함대를 맞아 대한민국 해군 제2함대가 분전을 하고 있을 때, 바다 밑에서도 양국 잠수함 간의 치열한 전투가 벌어지고 있었다.

선제공격은 한국의 장보고―Ⅲ Batch―Ⅰ 잠수함인 도산 안창호함이었다.

장보고―Ⅰ이나 장보고―Ⅱ가 독일 잠수함을 바탕으로 제작이 되었다면, 장보고―Ⅲ Batch―Ⅰ부터는 그동안 잠수함을 만들어 온 경험을 바탕으로 순수 국내기술로 독자 설계를 한 잠수함이었다.

거기에 AIP탑재 디젤―전기 추진 잠수함으로 원자력

추진 잠수함을 빼고는 가장 선진화된 잠수함으로서 수중 잠항 능력은 산소 공급 없이 무려 30일을 운행할 수 있었다.

이는 대한민국의 배터리 기술이 세계 최고였기에 가능한 것이었다.

그런 도산 안창호함이 탁하고 해류가 복잡한 서해의 바다 깊은 곳에서 은밀하게 숨어 있다가 접근을 하는 중국 해군의 잠정(잠수함)에 기습을 가했다.

대한민국 해군의 장보고급 잠수함이 최고급 승용차라면, 중국 해군의 잠수함은 그야말로 대형 트럭이나 다름없을 정도로 덩치만 크고 잠수함의 기본 요건인 정숙성과는 무척이나 떨어졌다.

그 때문에 암살자처럼 바다 깊은 곳에서 은밀하게 움직여야 할 중국의 위안급 잠수함은 AIP 장치를 탑재했음에도 불구하고 무척이나 시끄러운 잠수함이었다.

그리고 그 위치를 도산 안창호함에 들키고 말았다.

하지만 그렇다고 해서 긴장을 하지 않을 수는 없었다.

한국 해군의 잠수함이 조심해야 할 것은 역시나 중국스러운 적들의 물량이었다.

중국은 성능이 떨어지더라도 숫자로 그 약점을 해결하려고 대량의 잠수함을 찍어 내서 보유하고 있었다.

슝!

장보고—Ⅲ Batch—Ⅰ 1번함인 도산 안창호 함은 소나에 중국 해군의 위안급 잠수함의 음문을 포착하자마자 바로 공격을 하였다.

배수량 1만t이 넘어가는 순양함도 한 번에 격침을 시킬 수 있는 엄청난 성능을 가진 범상어 중어뢰가 발사되었다.

수동 소나와 능동 소나를 조합한 음향 탐지 장치와 완전 디지털 유도 시스템을 갖춘 범상어 어뢰는 최고 시속 60노트(112㎞/h)나 되어, 그 어떤 잠수함이나 수상함도 피할 수 없었다.

그런데 도산 안창호 함은 단 한 발만 범상어 어뢰를 발사한 것이 아니었다.

시끄럽게 소음을 내며 한반도를 향해 오는 중국 해군의 잠수함들은 그 위치가 발각이 되든 말든 상관이 없다는 식으로 마구잡이로 몰려나왔다.

그러다 보니 어뢰 발사 후 적에게 위치가 발각이 될 위험이 있기에 처음 자리를 벗어나야 함에도 그럴 수가 없었다.

슝! 슝!

*   *   *

"저것들 뭐야?"

문상호 중사는 혼잣말로 중얼거리며 헤드셋을 착용해 소나에 귀를 기울였다.

이미 해상에서는 중국 동해함대를 맞아 한국의 제2함대가 교전을 벌이고 있었다.

다른 때 같았으며 제2함대를 돕기 위해 어뢰 발사 심도로 올라가 어뢰를 발사하고, VLS(수직발사관)에 보관된 여섯 발의 현무 미사일을 발사했을 것이다.

하지만 그렇지 않았다.

그도 그럴 것이, 한국 해군에 잠수함 부대가 있듯 중국 해군에도 잠수함이 있었기 때문이다.

조용히 왔다가 치명적인 공격을 하고 또다시 조용히 사라지는 잠수함의 위험은 대한민국 해군도 너무 잘 알고 있었다.

그렇기에 함부로 모습을 드러내지 않고 적(중국 잠수함)이 나타날 때까지 조용히 숨어서 기다렸다.

그런데 조용히 은밀하게 기습을 준비하던 도산 안창호 함의 관측병인 문상호 중사는 황당한 상황을 맞이하였다.

"뭐야? 무슨 일인데 그래?"

주위에 있던 박완규 상사가 다가와 물었다.

"이것 좀 들어 보십시오."

황당한 표정으로 문상호 중사가 자신이 쓰고 있던 헤드셋을 벗어 그에게 넘겨주었다.

그런 문상호 중사를 잠시 의아한 표정으로 쳐다보던 박완규 상사는 조용히 그가 넘긴 헤드셋을 귓가에 가져다 댔다.

"응? 이게 뭐야?"

문상호 중사가 넘긴 헤드셋을 귀에 대고 듣던 박완규 상사의 표정도 황당하다는 표정으로 변했다.

그도 그럴 것이, 정숙을 아무리 강조해도 부족한 것이 바로 잠수함 승조원의 기본 소양이었다.

그런데 지금 듣고 있는 헤드셋의 스피커에 중국의 것으로 보이는 잠수함의 소음이 여실히 들리고 있었다.

"함장님, 적 잠수함이 포착되었습니다."

박완규 상사는 곧바로 함장인 김형준 대령에게 보고를 하였다.

"거리는?"

적 잠수함이 발견되었다는 보고에 김형준 대령은 굳은 표정으로 물었다.

"그게… 280,000피트입니다."

잠시 지체를 하는 바람에 가까워지기는 했지만, 처음 발견된 적 잠수함과의 거리는 28만 피트나 되었다.

이를 킬로미터로 환산을 하면 무려 85㎞가 넘는 거리.

그 말인즉슨, 도산 안창호 함이 보유한 범상어 어뢰의 사정거리에는 벗어난 거리라는 뜻이다.

"그럼……."

보고를 받은 김형준 대령은 조금 전 소나를 관측하던 문상호 중사와 방금 전 보고를 한 박완규 상사가 무엇 때문에 그런 표정을 짓고 있었는지 깨달았다.

그때, 박완규 상사에게 다시 헤드셋을 돌려받은 문상호 중사가 입을 열었다.

"음, 또 다른 신호가 포착이 되었습니다."

"그래?"

"예, 첫 번째 표적으로부터 5도 옆으로 300,000피트 위치해 있습니다."

처음 발견된 중국 해군의 잠수함보다 뒤에 위치하고 있는 또 다른 잠수함이 발견되었다.

그리고 계속해서 다른 잠수함들의 수중 음파 신호가 잡히기 시작했다.

"확보된 정보를 링크하고, 우린 처음 발견된 순서대로 어뢰를 발사한다."

부하들의 보고를 받은 김형준 대령은 자신이 모든 적을 처리할 수 없음을 잘 알기에 획득한 정보를 다른 잠수함들에게 데이터 링크를 걸라고 지시를 하였다.

이내 복명복창과 함께 어뢰실에 명령이 전달이 되었다.

"발사 준비!"

"발사 준비!"

먼저 발견하고 먼저 공격하는 쪽이 유리한 잠수함 간의 교전에서 도산 안창호 함은 최고의 패를 잡은 것이었다.

접근하는 적 잠수함은 아직까지도 자신들의 위치를 발견하지 못하고, 방향도 바꾸지 않은 채 직진하고 있었다.

"거리 200,000··· 195,000··· 180,000."

중국 동해함대 소속 잠수함과 거리는 계속해서 줄어들었다.

"160,000!"

급기야 중국의 잠수함이 범상어 중어뢰의 사정거리인 50㎞ 안으로 들어왔다.

이제는 중국의 잠수함이 뒤늦게 자신들이 발사한 어뢰를 발견했다고 해도 도망칠 수 없는 거리에 들어온 것이었다.

김형준 대령은 일부러 범상어 중어뢰의 최대 사거리인 50㎞에서 어뢰를 발사하지 않고 그 안쪽으로 들어올

때까지 기다렸다.

그래야 적이 자신들이 발사한 어뢰를 발견하더라도 아무런 대응도 못할 것이기 때문이었다.

"1번, 3번 어뢰 발사!"

한 발이 빗나가더라도 다른 한 발이 적 잠수함을 명중시키기 위해 두 발의 어뢰를 발사하도록 지시를 내렸다.

범상어 중어뢰라면 단 한 발로 적 잠수함을 명중시킬 수도 있지만, 지금은 시험이 아닌 실전이었기에 모험을 하지 않았다.

"2번, 4번은 두 번째 타깃을 향해… 발사!"

미리 세팅을 해 놓은 표적이 사정거리 안으로 들어온 것을 확인하고, 입력된 순서대로 어뢰를 발사하기 시작했다.

하지만 이게 끝이 아니었다.

계속해서 중국 동해함대의 잠수함들이 속속 등장을 했기 때문이다.

"5, 6번 어뢰까지 모두 발사하고 자리를 이탈한다!"

계속해서 등장하는 중국 동해함대 소속 각종 잠수함들로 인해 더 이상 버티지 못하고 자리를 이탈하기로 판단을 내렸다.

하지만 최대한 모든 어뢰를 적에게 쏟아붓고 이탈하

기로 마음먹었다.

어차피 탑재한 어뢰는 모두 소비하고 다시 보급을 받아야 하기에 그런 것이었다.

그리고 이런 모습은 비단 도산 안창호 함에서만 그런 것이 아니었다.

최초로 중국 잠수함을 발견한 도산 안창호 함이 데이터를 링크한 뒤로 주변에 대기를 하고 있던 다른 대한민국 해군 소속 잠수함들은 자신에게 할당된 중국 잠수함들을 사냥하기 위해 대기를 하다 모든 어뢰를 발사하고 신속하게 전투 해역을 벗어났다.

물론 그렇다고 해서 중국 잠수함을 향해 어뢰 공격을 하고 해역을 벗어날 때, 무턱대고 뒤돌아 도망친 것은 아니었다.

적의 움직임을 계속해서 예의 주시하면서, 자신들이 발사한 범상어 어뢰가 어떻게 되는지, 적 잠수함에 명중을 하는지와 적 잠수함이 자신들이 어뢰를 발사하고 어떻게 반응을 하였는지 모두 살피며 움직였다.

그래야 적이 발사한 어뢰 공격에 대처할 수 있었기 때문이다.

얼마 후, 대한민국 해군 잠수함 함장들은 해역을 빠져나오기 시작했다.

그럼에도 몇몇 잠수함들은 적이 발사한 어뢰 공격을

회피하기 위해 그동안 연마한 잠수함 운용 기술을 최대한 발휘하여야만 했다.

그나마 다행인 것은, 얼마 전 대한민국 해군 소속 모든 잠수함들이 개량을 했다는 것이다.

예전에는 적 어뢰 공격을 회피하기 위해 음문을 녹음한 음향 기만체나, 항적을 만들어 목표를 분간하지 못하게 유도하는 기만체 등으로 간적적인 방어에만 치중을 했다.

한마디로 요행을 바라는 방어를 했다는 것이다.

하지만 현재의 해군 군함이나, 잠수함들은 함선 방어를 위해 또 다른 방어 체계를 도입했다.

그 방법은 바로 대함미사일에 대항해 요격 미사일을 쏘듯 어뢰에 맞서는 요격 어뢰를 발사해 직접적으로 군함이나, 잠수함을 위협하는 어뢰에 대항하는 체계였다.

요격 어뢰(ATT, Anti Torpedo Torpedo)는 독일과 미국이 오래 전부터 연구하던 체계로 2023년에 실전 배치가 된 무기 체계인데, 대한민국 해군도 오래 전부터 이를 채택하고 싶었지만 예산 문제로 인해 채택을 미뤄 왔다.

하지만 작년 긴급 안보 예산을 꾸려 신속하게 이를 채택하였다.

중국과 북한 등 주변 한반도를 둘러싼 국가들의 군사

동향이 예사롭지 않게 흐르자, 정부는 긴급하게 예산을 마련하였고, 이는 여야를 막론하고 찬성을 하며 예산 확보에 동의하였다.

물론 그 뒤에는 SH 그룹의 정수호 회장의 입김이 많이 작용했다.

상황이 상황인지라 급하게 예산 처리를 하고 업그레이드를 하긴 했지만, 참으로 잘된 일이 아닐 수 없었다.

현재 전투를 벌이고 후퇴를 하는 과정에서 중국 해군의 잠수함에서 발사한 어뢰에 쫓기는 한국 해군 잠수함들은 중국 해군이 발사한 어뢰를 피하기 위해 기만체를 뿌려 보지만, 회피하는 게 쉽지가 않았다.

불량이 많은 중국제라 도망치는 한국 해군 잠수함을 포착하지 못하고 그냥 지나치는 것이나, 아니면 목표를 포착했더라도 기기 오작동으로 중간에 바닥으로 가라앉는 어뢰도 있었지만, 끝까지 회피하는 한국 해군의 잠수함을 쫓아오는 스토커와도 같은 어뢰도 있었다.

그러한 어뢰는 어쩔 수 없이 ATT로 요격을 해야만 했다.

소형이긴 하지만 속도가 빠르고, 직접 부딪혀 파괴를 하는 ATT로 인해 많은 한국 해군의 잠수함들은 어뢰 공격으로부터 안전을 확보할 수 있었다.

[인천으로부터 260㎞ 떨어진 공해 해저에서 양국 잠수함 간의 전투가 벌어졌습니다.]

머큐리는 대한민국 국군의 공용 주파수를 이용해 서해상에서 벌어지고 있던 중국 해군인 동해함대와 대한민국의 해군 제2함대간의 교전을 지켜보던 중, 또 다른 주파수를 통해 바닷속에서 벌어진 잠수함 간의 전투도 알게 되어 이를 마스터인 수호에게 보고를 하였다.

"전황이 지금 어떻게 돌아가고 있지?"

신경을 쓰지 않으려 해도 군 출신이다 보니 신경을 안 쓸 수가 없었다.

자신은 할 만큼 했다고는 하지만, 그냥 두고 보기에는 마음이 편치가 않았다.

[해상에서의 함대 간 전투는 부족한 군함의 수에도 불구하고 한국 해군 쪽이 유리하게 진행이 되고 있습니다. 더욱이 뒤늦게 1함대에서 발사하는 초장거리 함포 지원과 육군 포병들의 지원에 힘입어 전황은 밀리지 않고 있습니다. 그리고 잠수함 간의 전투도 적을 먼저 포착하여 대한민국의 잠수함들이 선제공격을 가했습니다.]

머큐리는 통신 감청으로 대한민국 해군의 통신과 중국 동해함대 양쪽 모두의 통신을 교차 검토를 하면서 보다 정확한 상황을 판단해 수호에게 들려주었다.

"네 말은 우리가 유리하게 진행이 된다는 이야기지?"

[그렇습니다. 현재로써는 한국 해군의 승리로 돌아갈 겁니다. 하지만 잠수함 간의 전투는 수적인 불리로 인해, 이대로 간다면 반드시 승리할 거라는 장담은 할 수 없을 것입니다.]

아무리 잘 싸워도 아직 중국에는 수십 척의 재래식 잠수함이 남아 있었고, 아직까지 북해함대에서 나오지 않은 열세 척의 전략 핵잠수함과 열일곱 척의 공격 원잠이 있었다.

하지만 중국도 이 전략 원잠과 공격 원잠을 쉽게 운용할 수는 없었다.

그 이유는 핵이란 것을 보유했다고 해서 함부로 전쟁에 사용할 수 없는 무기였기 때문이다.

지금은 한국과 1대1 전쟁을 벌이고 있지만, 핵무기를 사용한 후에도 그럴 것이란 자신이 없었기 때문이다.

그도 그럴 것이, UN에서는 전쟁 중 핵무기 사용에 대해 엄격하게 감시를 하고 있었다.

그런데 핵무기를 보유하지 않은 나라를 상대로 핵무기를 사용한다면 다른 핵 보유 국가들은 이를 가만히 두고 보지 않을 것이 분명했다.

쉽게 전쟁에 이기기 위해 핵무기를 사용하는 국가를 가만히 내버려 두면, 이를 배운 테러 조직이나, 평소 적대하던 국가를 상대로 너도나도 핵무기를 사용하려 할 것이 빤했기 때문이다.

또한 핵무기를 보유하지 못한 국가는 안전을 위해 전부 핵무기를 개발하려 할 것이었고, 그렇게 된다면 지구는 핵무기로 인해 자멸하고 말 것이었다.

그런 이유로 UN은 무턱대고 핵무기를 사용한 국가는 연합을 하여 제재할 것이었다.

"혹시 중국이 핵무기를 사용할 확률은 얼마나 되는지 계산을 해 봤나?"

수호는 워 게임 시뮬레이션을 해 보았을 때 온 변수들을 머릿속에 떠올리며 머큐리에게 물었다.

[이 상태로 전쟁이 계속 진행이 된다면 70% 확률로 핵무기를 사용할 거라 예측이 되었습니다.]

"그럼 스카이넷 시스템이 핵무기를 막아 낼 확률은?"

북한의 핵무기를 탑재한 탄도미사일의 위협으로부터 나라와 생명을 지키기 위해 수호와 슬레인이 개발한 미사일 방어 체계를 언급하며 재차 물었다.

[88%의 확률이 나왔습니다. 하지만 공중 순양함들의 위치를 조정한다면 100% 확률로 막아 낼 수 있을 듯합니다.]

중국의 핵무기 사용 확률은 70%이지만, 핵무기가 사용 되었을 때 현재 대한민국이 보유한 MD체계로 이를 막아 낼 수 있는 확률은 88%에 지나지 않았다.

하지만 뒤이어 보충 설명을 한 머큐리는 현재 위치해

있는 공중 순양함들의 배치를 중국 쪽으로 전진 배치를 했을 때 방어 확률이 더욱 향상이 되어 100% 요격이 될 것이라 확신했다.

"그렇단 말이지? 알겠어."

머큐리의 대답을 들은 수호는 곧바로 자리에서 일어나 어디론가 전화를 걸기 시작했다.

〈13권에 계속〉